风雨如书 著

寻灵手记 病毒

上海社会科学院出版社

图书在版编目(CIP)数据

寻灵手记:病毒/风雨如书著.—上海:上海社会科学院出版社,2018
ISBN 978-7-5520-2345-9

Ⅰ.①寻… Ⅱ.①风… Ⅲ.①长篇小说-中国-当代 Ⅳ.①I247.5

中国版本图书馆 CIP 数据核字(2018)第 127008 号

寻灵手记:病毒

著　　者:风雨如书
责任编辑:黄飞立
封面设计:究竟设计
出版发行:上海社会科学院出版社
　　　　　上海顺昌路 622 号　邮编 200025
　　　　　电话总机 021－63315900　销售热线 021－53063735
　　　　　http://www.sassp.org.cn　E-mail:sassp@sass.org.cn
照　　排:南京理工出版信息技术有限公司
印　　刷:上海天地海设计印刷有限公司
开　　本:890×1240 毫米　1/32 开
印　　张:5.75
字　　数:188 千字
版　　次:2018 年 7 月第 1 版　2018 年 7 月第 1 次印刷

ISBN 978-7-5520-2345-9/I·286　　　　　　　定价:35.80 元

版权所有　翻印必究

目 录

楔子　　　　　　　　　　　　1

第一卷　往事

1. 离奇命案　　　　　7
2. 恶魔　　　　　　　9
3. 异类　　　　　　　12
4. 诈尸　　　　　　　15
5. 老朋友　　　　　　18
6. 隐藏的档案　　　　20
7. 疯尸病　　　　　　23
8. 锁尸红绳　　　　　26
9. 异人实验　　　　　29
10. 僵尸　　　　　　　33
11. 谜　　　　　　　　36
12. 缠绵　　　　　　　39
13. 吸血俱乐部　　　　42
14. 夜探太平间　　　　45

15. 异味癖患者　　　　　　　48

16. 坚持者　　　　　　　　51

17. 地下法则　　　　　　　54

18. 求救　　　　　　　　　57

19. 白与黑　　　　　　　　60

20. 父子情　　　　　　　　63

21. 旧日噩梦　　　　　　　66

22. 缺失的记忆　　　　　　69

第二卷　求生

1. 吴家村　　　　　　　　75

2. 追悼会　　　　　　　　78

3. 石像　　　　　　　　　80

4. 神鬼医生　　　　　　　83

5. 红姐　　　　　　　　　85

6. 诡夜　　　　　　　　　88

7. 缺失的记忆二　　　　　91

8. 吸血猫　　　　　　　　94
9. 乔五　　　　　　　　　97
10. 故人　　　　　　　　101
11. 人身猫脸怪　　　　　104
12. 巫术之国　　　　　　107
13. 恩怨　　　　　　　　110
14. 生死签　　　　　　　112
15. 家事　　　　　　　　115
16. 夺盒　　　　　　　　118
17. 鬼葬　　　　　　　　121
18. 僵尸病毒　　　　　　123

第三卷　破谜

1. 命运　　　　　　　　129
2. 解封　　　　　　　　131
3. 致命伤口　　　　　　135
4. 抗体　　　　　　　　137

5. 古墓谎言	142
6. 重聚	145
7. 意外发现	147
8. 决裂	150
9. 天岁	153
10. 突变	156
11. 意外收获	158
12. 请君入瓮	162
13. 不归路	164
14. 神秘人	167
15. 计划者	170
16. 营救	173
17. 尾声	177

楔　子

列车要开往哪里？
我不知道。
我能感觉到身边人的异样眼光,甚至坐在我旁边的女孩,都用最大的力量保持着和我的距离。原因可能来自我身上的怪味,也可能是我手里抱着的东西。
列车停停走走,遇站则停。身边的人来了又走,换了一波又一波。每个人的反应都一样,我像一个怪物一样,让他们不敢靠近。
列车到新一站的时候,一个女人带着一个八九岁的小男孩坐到了我身边。小男孩剪着一个萝卜头,两只眼睛又圆又大,仿佛是两池深邃的湖水。女人抱着他,从上车后,他便开始盯着我。
整个晚上,我一直保持着这样的姿势,身体仿佛已经僵化,但是我的双手依旧紧紧抱着手里的东西,即使它很轻,对我来说却重似千斤。
不知道什么时候,小男孩忽然伸手摸了摸我,露出个纯真的笑容。
我转过头,试着对他笑一笑,但是脸部的僵硬让我无法做出任何表情。
小男孩的母亲发觉了我的怪样,立刻将小男孩抱到了另一头,背对着我,并且对着小男孩低声咒骂。
我早已经习惯这样的场面,重新转过了头,盯着车窗外面。
昏沉沉的车窗外面,一晃而过的风景,只能看到远处亮着的万家灯火。
车厢内忽然有些冷了,仿佛有一种无形的力量在悄无声息地侵入。我的心一下子跳到了嗓子眼,下意识愈加用力抱紧手中的东西,眼睛死死地盯着前面的车门。
很快,我的样子让旁边的女人像是躲避怪物一样拉着小男孩走到了走廊的中间。旁边的其他人被女人的过度反应惊到了。
不过我知道,我的样子并不会让他们有什么反应,真正让他们恐惧的是后面进来的东西。

"呜呜",火车钻进了隧道。

眼前顿时漆黑一片。

然后一个怪叫声传了进来,跟着是人们的尖叫声。

我无力地闭上了眼睛,身体甚至有些瑟瑟发抖。

现实和记忆疯狂地冲击着我的脑袋,我只希望这一切能快点过去。

黑暗中,有一双小手拉住了我。我知道那是那个小男孩的手。

我想放手救他,但是却没有动。

"吱",小男孩的手随着一个声音瞬间松开了我的手。

光亮一点一点大了起来,火车从隧道里钻了出来。

十几分钟后,车厢里一片凌乱,人们横七竖八地躺在座位上、走廊上,每个人的脸上都带着惊恐的表情,他们的脖子上面,都有一个血淋淋的牙印。

整个车厢静悄悄的,只剩下了我一个人。

我站了起来,面对车厢里寂寂不动的人们,我的目光落到了旁边的座位上。那个小男孩被他的母亲挡在身体里面,他的两只小手向外伸着,仿佛在做最后的挣扎。

我将手里的东西放到口袋里,走了过去。

小男孩的手忽然动了起来,然后哇的一声哭了起来。我一惊,立刻伸手捂住了他的嘴巴,将他从座位上面抱到了自己的怀里。

小男孩的眼里全部都是泪,闪着恐惧的光芒,他直直地看着我。我对他摇了摇头,示意他不要出声。

这时候,车厢里躺着的人窸窸窣窣地开始坐了起来,然后陆陆续续向车厢前面走去。他们的眼里泛着死一样的光芒,脖子旁边的牙印还冒着血,鬼魅阴森。

我慢慢松开了捂着小男孩嘴的手。

"妈。"小男孩喊了一句。

向车厢里面走去的母亲,并没有理会小男孩。

整个车厢很快空荡荡的,弥漫着一股血腥的味道。

"我们该走了。"我对小男孩说。

小男孩没有说话,脸上还沾着泪珠。

我打开车窗,背着小男孩一跃而下,跳了出去。

落地的那一瞬间,我看到前面的列车剧烈地刹车,然后用力撞到了旁边的石壁上。火车发出了震耳欲聋的爆炸声,像是一个老人最后的呼喊。

我站了起来,惯性让小男孩从我背上摔了出去。我将他抱起来,检查了一下他的身体,所幸都是一些擦伤,并无大碍。就在我准备将他放到地上的时候,我看到他的腿上竟然有两个细小的牙印,那两个牙印因为混合在擦伤里,所以刚才没有看出来。

我愣在了那里,半天没有回过神。

这时候,远处传来一阵急促的脚步声,几个身穿军装的人跑了过来,他们端着黑黝黝的冲锋枪对着我,其中一个人手里还牵着一条军犬,冲着我大声叫着。

"告诉你们负责人,我是异人实验十一号。"我边说边将小男孩重新抱到了怀里。

是的,我是十一号。

异人实验里唯一的生还者。

第一卷 往 事

1. 离奇命案

安城,虽然已经立春,但是依然寒意十足。

高成打开车窗,将衬衫的扣子解开两颗。凉风从外面吹进来,给他的身体带来一种说不出的畅快感。

心烦气躁的时候,高成便会开着车出来兜风。从局里到前面的淇滨大道,再到旁边的安城大学,看着路上来来往往的人群,高成会想起自己在警校时的一些情景。转眼间,他进入警队已经六年了,从一个新手熬成了一个经验丰富的刑警队长。

不过,最近高成遇到了难题。

二〇一五年十一月一号,安城东明路桂苑小区3号楼2单元2号发生一起凶杀案。死者赵曦,女,汉族,二十五岁,离异。根据现场勘查,屋内没有打斗痕迹,门窗安好。死者侧躺在客厅沙发上,尸体萎缩,脖子静脉血管有两处队列整齐的牙印伤口,此伤口为死者身上唯一的伤口,不排除为致命伤口。

在对小区民众进行走访时发现,赵曦离异后私生活有些糜烂,经常出入一些酒吧会所,并且带不同的男人回家过夜。小区的监控录像记录了近一个月来和赵曦一起进入小区的六个男人,经过询问,均已排除作案时间和作案动机。

法医在对赵曦进一步检查后确认赵曦的致命伤口为脖子上面的两处咬印伤口,不过她致命的原因是失血过多。

这个结果让人大吃一惊,不禁让人想到吸血鬼或者僵尸。不过很快,法医的第二次检查就否认了所谓的吸血鬼或僵尸杀人。法医在赵曦的胳膊以及身体其他地方发现了十几个细小的针眼,经过确认,那十几个针眼为死者生前注射毒品留下来的。也就是说,凶手很有可能是利用这几个针眼,将死者的血抽取干净,而脖子上的牙印实则是凶手迷惑警方的障眼法。

就在桂苑小区的案子刚有眉目的时候,二〇一五年十一月十八日,在东区新世界广场又发生了一起凶杀案。死者秦树德,四十九岁,是一名环卫工人。死者尸体状态和赵曦非常相似,并且脖子上也有两处牙咬伤口。

如果说赵曦的死亡伤口可能是凶手利用她之前注射毒品的伤口进行混淆的话,那么秦树德身上并没有发现其他伤口。

这两起案件飞速地在网络和媒体的推动下传播开来。市局领导下了死命令,让刑警队尽快破案。这个担子自然落在了高成的肩上。

车子从淇滨大道拐进了旁边的黄河路,然后在一栋灰色的建筑前停了下来。高成将车子停好,径直走了进去。

这是安城档案局的老楼,一些陈年档案因为量大,加上不好整理,所以没有搬迁。负责老楼的是高成的师父田奎,他从刑警队退休后便来到这里负责旧档案的整理工作。

高成知道,师父之所以托人找关系来这个地方工作,主要是想把之前积攒的一些没有破获的案件重新整理。高成刚到刑警队的时候,师父给他讲的第一句话便是,这个世界上不是所有的案子都能找到真相的,同样,不是每一个警察都能做到最好。但是,既然选择了刑警,那么就要用毕生的精力去维护这个职业的光荣。

在安城公安系统里,田奎的名字响当当。他从警三十年,破获的大小案件不下千起,不过因为他性子倔强,为人清高,因此仕途发展缓慢,以至于他带出的几个徒弟都已经去了市局,而他退休的时候还只是一名刑警队队长。不过这些并不影响他在安城的威望。很多时候,安城警方,甚至外地一些兄弟单位在碰到一些疑难命案时,都会来找他商量对策,请求支援,而他从来都不拒绝。

高成对这个有些阴沉的档案楼非常熟悉,他几乎每个月都会来一次:有时候是找师父叙叙旧,喝点小酒;有时候是受师娘之托,来找师父回家吃饭。

不过今天,他的心情有些低沉,可能是因为这两起诡异命案是他从警以来第一次遇到案发一个月,一点线索都没有的案子。

已经中午十二点多,门口的前台以及其他工作人员都出去吃饭了。高成直接上了二楼,二楼的档案室存放二〇〇〇年以前的档案,高成知道这个时候师父肯定窝在那里整理资料。记得上个月和师父吃饭的时候,师父说自己正在追查一个隐藏在时间里的连环命案。

推开档案室的门,一个穿着灰色衬衫的老人正费力地想从上面的档案架上拿一个档案盒,因为身高的缘故,他几次都没拿住。老人正是高成的师父田奎。

"要这个吗?"高成走过去,一踮脚将顶上的那个档案盒拿了下来,放到了桌子上。

"子明来了啊。"看到高成,老人笑了笑,继而快速拿起那个档案盒,轻轻拍了拍上面的灰尘,仿佛那是一个价值不菲的珍宝。

"都这么晚了,还不下班。师娘估计又要埋怨你了。"高成扶着师父,向旁边的桌子走去。

"今天有个孩子要来这里工作。而我这么多年早已经习惯了加班。再说我也受不了家里的平静,还是这里适合我,你看这些密密麻麻的档案,其中十有八九都是没有破获的案子。我忽然觉得人这辈子真是短,现在我就是觉得时间不够。咳,咳。"田奎说着咳嗽了几下。

"要不别人叫你老奎头。"高成摇了摇头,无可奈何地说道。

"怎么今天忽然来找我了?也没带酒,有其他事?"田奎这才注意到高成的手里空荡荡的。往常来这儿的时候,高成总会带两个凉菜,带一瓶酒。

"一言难尽,这次我是真遇到难题了。师父,你要是不帮我,我就得喝西北风了。"高成点点头,一屁股坐到了旁边,像个孩子一样撅着嘴。

"那说说,我看看是什么情况。"田奎放下了手里的档案盒,静静地看着高成。

高成稍微犹豫了一下,然后讲起了最近发生的两起命案。

2. 恶 魔

厚厚的窗帘被拉开,阳光透过窗户照进来,有些刺眼。他半睁着眼睛,从床上站了起来。

看着房间里忙碌的护工,他的脸上现出一丝腼腆,有些局促不安地站在旁边。

被套、枕套全部被抽下来,露出了淡蓝色的衬里。床头放着一盏台灯,还有几本书。看到那几本书,他立刻走过去拿了起来,将它们用力装进了已经几乎要撑爆的行李包里。

没过多久,护工离开了,房子里又剩下了他一个人。

他静静地坐在床上,盯着墙壁上的钟摆,马上要十点钟了。在他的手里,紧紧握着一张盖有红章的纸条。

当当当,钟表报时了。他一下子站了起来,拎着旁边的行李包,向门外走去。

今天天气不错,阳光灿烂,云淡风轻。从住宿楼下来,他经过了操场,十点钟正好是放风时间,操场上三三两两的到处都是出来放风的人。

这是他生活了五年的地方,如今要离开,竟然有些舍不得。

"来,英雄,可否一战?"一个老头忽然从旁边拉着他,摆着一副挑战的姿态。

"今天没空,下次吧。"他笑了笑,往前走去。

值班室的保安早已经等候多时,收走他的纸条后,打开了铁闸门。看着徐徐打开的铁闸门,他的心突突地狂跳了起来,站着竟然半天都没有动。

"走吧。"保安瞪了他一眼。

他这才反应过来,抬步向前走出去。

身后的铁闸门重新关住了,他回头看了看,那道铁闸门仿佛是一条分水岭,将他过去这五年和未来隔成了两个世界。

他最后看了一眼铁闸门旁边挂的牌子,虽然有些远,不是特别能看清楚,但是他知道上面的名字。

明安精神研究院。

"再见。"他心里轻轻说道,然后大步向前走去。

街头拐过去是繁华闹市,正是上午时分,人群熙攘,川流不息。巨大的电子屏广告矗立在前面的购物广场,五个衣着暴露的女孩扭动着身躯,在屏幕上柔声歌唱。四周路过的每一个人,都低头拿着手机,或者微笑说话,或者伸着手拍照。

五年后的世界,让他有些措手不及。他像一个异类世界穿越过来的人,局促不安地站在街头,甚至都不知道自己该往左还是往右。

一辆出租车停了下来,司机探出头问道:"走不走?"

他犹豫了一下,打开车门钻了进去。

喧嚣的嘈杂声,被车窗隔离。出租车司机车技娴熟地从人流中开了出来,拐进了旁边的街道,驶入了另一条主路。

"去哪里?"司机将车表压了下去。

"民主路三号院。"他说。

"惠民小区吧。现在那里改名字了。"司机愣了一下,说道。

"是吗?这我还真不知道。"他脱口说道,毕竟五年了,有些事有些地方变化很正常。不过,只要最初的心里那份坚持还在就行。

十五分钟后,车子在一个小区门口停了下来。他付完钱,拎着行李下了车。

五年没回来,小区确实变化很大,之前四周荒芜的门面房,此刻已经驻满了商家,周围有许多人。

他穿过人群,拐进小区里面。在六号楼面前,他停了下来。四处扫了一眼,没有人注意到他的样子。单元楼前种了很多花,有的正开放着,姹紫嫣红。他盯了半天,最后转身向楼里面走。

一楼,107。

门上的锁都有些生锈了。

他从行李箱的夹缝里拿出一把钥匙,在锁眼里面捣鼓了半天,门"砰"的一声开了。

推门进去,一股浓重的腐朽味道伴着安慰扑面而来。这是一个六十多平方米的小两居,家用家具,应有俱有,只是大部分都是老牌子,其中一些家具上面用白布盖着,看起来跟躺在停尸床上的尸体一样。

他关上门,将家具上面的白布全部揭开,开始收拾起来。足足收拾了一个多小时,整个屋子亮堂了起来。他坐到沙发上稍微休息了下,然后起身来到客厅东南角,用手量了一下,在三尺位置,他往里面摸了摸,用力往里面一顶,一个黑色的木盒从里面弹了出来。

他脸上的肉微微颤抖起来,因为激动或者其他原因,嘴里不停地咽着口水,双手哆嗦着打开了黑盒子的盖子。他的身体往前弓着,整个人差点要趴到地上,两只眼睛目不转睛地盯着盒子里的东西,嘴里发出轻微的咕噜声。

他看到了恶魔。

恶魔张着嘴巴,冲他狞笑着。

他感觉身体里面有另一个东西在蠢蠢欲动,它挣扎着,狂叫着,要从他的身体里面钻出来,他感觉身体要爆炸了。

"砰砰砰",突然一阵敲门声从外面传了进来。

仿佛海水退潮一样,那些不舒服感和痛感竟然消失了。

"砰砰砰",门还在敲。

他将那个盒子重新塞进墙壁里面,然后走过去开了门。

门外站着一个二十多岁的男孩,戴着一副黑边眼镜,背着一个耐克黑包,手里拎着一个保温饭盒。

"你,你来了。"他有些木讷地说道。

男孩没有说话,抬脚走了进来。

一共三个菜,不多,但是很精致。两人坐在餐桌前一语不发地吃着,偶尔男孩低头看一眼手机。

"给你买了一部手机,有什么事给我电话。下午的时候不要打,我刚找了一份工作,手机不开机。"男孩临走的时候从包里拿出一个盒子。

"谢谢,多少钱,我给你。"他愣了一下,站起来去找钱。

"不用了,这是智能手机,里面有说明书,你自己琢磨下吧。我走了。"男孩摆了摆手,转身向外面走去。

他还想说什么,话到嘴边却没有说出来。

男孩关上门离开了,他将手机盒子拆开,拿出了里面的手机,按照说明书开机。

的确,手机功能多了很多。刚装上手机卡,便来了一堆信息。就在他刚准备看看怎么删除的时候,一条新闻引起了他的注意,他伸手点了一下,那条新闻出现在屏幕上面,刚看到开头,他就顿时愣住了。

"疑似僵尸杀人的案件再次发生,据死者家属说,死者全身没有其他伤口,唯一的伤口是脖子上面的两处牙印……"

3. 异 类

公交车来了,叶平收起手里的书,跨步上了车。

今天车上人不多,叶平在后面找了一个位置坐下,然后再次拿起书看了起来。这是刚从学校图书馆借到的《内隐记忆的发展特点》,这本书还是比较抢手的,据说是因为作者曾经是一名记忆缺失患者,根据自己的病情,用真实的体验撰写的这本书。

叶平十岁之前的记忆一片空白。

医生说人类的记忆类似存在图书馆里的书一样,按照年份一一罗列。叶平十岁之前的记忆被一个挡板挡住了,所以他无法想起来。不过如果有一天那个挡板消失了,那么他的记忆就会回来。

叶平一直不明白,为什么自己的脑袋里会有那块挡板?后来有一次读到一本关于记忆心理学的书的时候,他知道了原因。小时候的很多事情都会变成记忆的挡板,比如一次严重的伤害。这也是为什么很多电视剧里经常出现失忆的烂桥段的原因,因为确实符合逻辑,又能改变主角命运。

没有十岁之前的记忆,等于没有童年。所以叶平不喜欢和其他人打交道,他总是一个人,无论做什么事情,都不愿意与别人在一起。

背地里,同学喊他异类、怪胎。

他无所谓。

因为十岁之前的记忆缺失,叶平在记忆里的自我感觉特别好。虽然性格孤僻,不愿与人交往,但是叶平的成绩还不错,老师们对他也比较喜欢,尤其是心理学导师雷教授。今天叶平的工作就是雷教授托人帮忙找的。

公交车停了下来,叶平抬起了头。他看到一个拎着蛇皮袋的农民工上了车,公交司机有些厌恶地冲着那个农民工喊了几句。农民工只是笑着,将一元钱投入硬币箱里,然后往里面走去。旁边的人纷纷让开,很快给他让了一条通道。农民工往后面走的时候,还是不小心碰到了旁边一个女人的衣服。

"怎么走路的?"和女人坐在一起的男人顿时火冒三丈,照着农民工踢了一脚。

农民工身子往后一退,差点栽倒在地上。其他人对男人的做法都有些鄙夷,但是也没人说话。

叶平走过去扶住了农民工,然后对那个男人喊道:"你凭什么打人?"

"狗拿耗子。"那个女人白了叶平一眼。

"小兄弟,算了,谢谢你了。"叶平还想说话,旁边的农民工却拉住了他。

"你不应该退缩的,他打人就是不对。大不了,报警。"叶平说着拿出了手机。

"真不用,我还有事,就这样吧。"农民工也不愿意多纠缠,紧紧拉着叶平的手。

见此状况,叶平也不好再坚持。

很快,公交车到站了,叶平下了车。

临下车的时候,他扫了那个女人一眼。她正拿着手机在看什么东西,对于刚才发生的事情,仿佛根本没有参与一样。

走了约三百米,叶平看到了一座灰色的建筑。

这就是安城的档案局老楼,也是雷教授给叶平介绍的工作的地方。

在一楼前台做了登记,叶平来到了二楼。推开门,叶平看到两个人正在一张桌子上看资料,低声讨论着什么。

叶平打量了一下,坐在左边的是一个老头,大约五十多岁,很精神,尤其是两只眼睛,紧盯着手里的资料,他应该就是雷教授说的田奎。田奎的旁边是一个三十岁左右的男人,穿着一件黑色的衬衫,头发干练,不太像档案局的工作人员。

"是雷浩的学生吧,你先在旁边等一下,熟悉熟悉这里的环境。"叶平刚想说话,田奎冲着他摆了摆手,然后继续和那个男人讨论。

叶平扫了一眼前面的档案架,一共十三个,每个十层,一层大约二十五公分,按照档案袋的标准厚度,一层能放十个档案袋,如此算来,一个档案架上至少有一百个档案袋,十三个就是一千三百个档案袋。

十三个档案架是按照年份分开的,又按照月份从上到下依次排开。不过有的月份缺失,所以并不完整。

半个小时后,那个男人接了个电话,急匆匆地走了。田奎还在桌子面前看资料,偶尔端起瓷缸接一杯水。

叶平记住了所有档案袋的位置,然后区分出来没有档案袋的月份,最后把一些放在外面的余出来的档案放到了最后一个档案架的下面。

之后,叶平也不说话,拿起那本书,坐在旁边看。

天黑的时候,田奎伸了个懒腰,看到旁边在看书的叶平,说话了:"你叫什么名字来着?"

"叶平,树叶的叶,平安的平。"叶平收起书,站了起来。

"怎么样?这么多档案没看晕吧?没事,慢慢来,这几天你就先熟悉熟悉这些档案的位置、编号和年份。要是有人来提档案,你配合人家一下就行。要是真的找不到,可以问我。"田奎一边说着一边伸展着两个胳膊。

"已经都清楚了,我把那些没有档案的年份也分开了,之前那些杂乱的档案全部放在了最后一个档案架的下面。"叶平说道。

"什么?"田奎感觉自己似乎听错了,不禁又问了一遍。

"我说所有的档案我都记住位置了,就是一些没有区分编号和年份的档案,我放到了第十三号档案架下面。"叶平一本正经地说道。

这下田奎愣住了,他来这个档案局的时候,足足用了三个月才将所有档案的位置和编号记了个七七八八。眼前这孩子用了几个小时就记住了所有档案的内容,怪不得雷教授一直力荐他。

这时候,外面有人喊田奎。

"桌子上还有两份资料,你把左边的收起来,按照编号放到该放的位置。我先出去一下。"田奎说着冲了出去。

叶平走到桌子边,收起了左边的档案,然后扫了一眼旁边的档案。他正好看见这个档案袋里露出一张照片,上面的人躺在地上,洁白的脖子上,有两个清晰的咬牙印痕……

4. 诈 尸

高成从档案局出来没有回公安局,而是驱车奔向城南。

今天是秦树德出殡的日子。虽然杀死他的凶手还没有抓到,但是根据安城的风俗,老百姓还是讲究早点入土为安。所以三天前,秦树德家属来公安局做了交接工作,将秦树德的尸体带到了殡仪馆。

车子开出城北的时候,高成看到一辆环卫车从眼前开过去,上面坐了五六个环卫工人,还有一个花圈。其中有一个环卫工人高成认识,她是秦树德的同事。之前在秦树德死亡现场,高成还问过她一些情况。看来这个环卫车上的人都是秦树德的同事,他们应该也是去送秦树德最后一程。

关于秦树德的死,刚才在档案局,高成特意跟田奎提了提。赵曦死在屋内,加上人际关系混乱,社会走访一时没有什么结果。秦树德却不一样,他是一个做了十八年的环卫工人,每天工作生活都很标准,他负责的清扫街道又属于市区,即使是在早上,也会有人经过。在秦树德死亡现场的五米外,有一个摄像头,根据调出来的监控资料显示,秦树德在死之前像发了疯一样,摔倒在了绿化带里,从监控录像看,仿佛是有人将他拖进了绿化带里,可是路过的两名目击者只看到秦树德一个人栽进了绿化带里,并没有看到现场有其他人。

田奎在看完整个调查报告和法医鉴定结果后,提出了一个新的问题:秦树德脖子上的伤口是什么时候被咬造成的,是否能确定是什么东西咬的?法医报告只是描述了伤口的基本情况。

其实在拿到法医报告后高成就想到了。可是还没有等法医再检查这一点,秦树德的尸体就被家属带走了。

高成也提出了外面传闻的僵尸杀人,但是让他意外的是田奎竟然没有说话,只是说让他先确认下尸体的伤口时间,再想其他线索。

对于田奎,高成是非常了解的,他是一个疾恶如仇,相信正义,最主要是从来不信鬼神之说的人。记得有一年,他们调查一桩鬼附身的案件,一个农村妇女每天晚上都会被死去的丈夫附身,做出很多令人匪夷所思的事情。

当时高成刚入警队没多久,其余警察对他也不客气。让他晚上独自一人蹲在那个妇女的房间外面。

阴森的山村,加上又是寒冬腊月,月光惨然。高成瑟瑟发抖地蹲在一边,本身就玄乎的案件,再想想农村妇女白天的表现,他心里有些害怕。等到半夜的时候,他迷迷糊糊地竟然睡着了。一阵冷风吹来,他睁开眼,看到那个农村妇女不知道什么时候来到了他身边,将脸贴到他的面前,他睁眼看到一双鬼气森森的眼睛,吓得连滚带爬跑回了公安局。

听到高成的遭遇,田奎主动提出过去抓鬼。经过两天的部署,田奎顺利地将那个假装被鬼附身的妇女的把戏拆穿。

在结案会上,田奎说,这世界上哪来的鬼魂,我们是警察,不是道士。真有鬼,也是人心有鬼。

可是,这一次,高成提出僵尸杀人,田奎的反应太平淡了。难道说这两起诡异的案件,真的不是人力所为?

十几分钟后,高成来到了安城殡仪馆。

进入殡仪馆里面,高成一眼就看到了那几个秦树德的同事,他们将花圈放到一边,走进了前面一个瞻仰厅。

高成快步跟了过去。

也许是因为死于意外,也许是家属不愿意声张,瞻仰厅里人并不多,除了殡仪馆的工作人员外,只有三三两两的几个家属。

几个环卫工人进来,让瞻仰厅热闹起来,也许是触景生情,秦树德的家人不禁哭了起来。

仪式结束后,秦树德被推进了后面。趁着这个功夫,高成拉住旁边一个工作人员,亮出了身份。

在工作人员小黄的配合下,高成看到了秦树德的尸体。他躺在冷棺里,身体笔直,僵硬的脸上扑了白粉,看起来鬼魅阴谲。也许因为冷气的缘故,高成怎么也看不清秦树德脖子上的伤口。就在他想要凑近棺材仔细看一下的时候,秦树德突然睁开了眼睛,嘴里发出一个含糊不清的声音。

这一下,高成吓得差点叫起来。

"怎么了?"旁边的小黄走过来问。

"刚才我好像看到他睁眼了,嘴里还在说话。"高成皱了皱眉头说。

"不可能吧,你是警察,怎么胆子这么小啊?"小黄笑了起来。

"也许是我眼花了……"高成话说了一半,眼睛登时呆住了,只见躺在小黄背后的秦树德竟然慢慢坐了起来。

小黄看到高成神色有异,感觉不对,回头一看,吓得大声叫了起来。

高成立刻从腰间拔出手枪,冲过去,将小黄拦在身后,手枪上膛对准秦树德,没想到秦树德却又一下子躺倒在棺材里面。

里面的响声惊动了外面的家属,他们看到高成拿着枪对准棺材里秦树德的样子,顿时愣住了。

此时棺材里的秦树德一动不动,分明就是一个死人。可是刚才的一幕却让高成震惊不已,身后瑟瑟发抖的小黄更是提醒高成,刚才看到的情景是真实的。

"高队长,这是怎么回事?怎么回事?"家属中有人认出了高成。

"没事,刚才有人来这里,以为是凶手。可能我看错了。"高成收起手枪,对秦树德的家人说道。

"找到凶手了?他在哪里?"听到凶手两个字,家属们情绪更加激烈了。

"这个还在调查中,大家不要吵,要保密,否则打草惊蛇,就永远也找不到了。"高成厉声说道。

"好的,好的。"家属们声音低了下来。

"刚才的事,不要说出去。"高成凑到小黄身边,轻声对她说道。

小黄惊魂未定地看着他,然后忽然又想起了什么:"你,你把电话给我,要是再有事,我找你。"

高成点了点头。

从殡仪馆出来,高成立刻拨出了田奎的电话,还没有等他开口,田奎先说话了:"秦树德的尸体有什么怪异之处吗?"

"师父,你是不是知道什么?"高成一听,顿时愣住了。

"来档案局接我一趟,我带你去个地方。"田奎说完,挂掉了电话。

5. 老朋友

人生追求的幸福是什么？

年轻的时候渴望爱情，中年的时候渴望自由，老了渴望生命。

他的面前放着一张黑白合影照，上面五个人，每个人的脸上都带着兴奋的笑容，他站在中间，短发，身体笔直，看起来精神抖擞。照片的下面有日期，一九九二年六月十二日。

二十多年前的那个夏天，听上去那么遥远，但是却仿佛还在昨天。

照片的旁边，是一本发黄的工作记录本，上面密密麻麻地写着黑色蝇头小字。他翻开第一页，看到其中的内容，不禁长长地舒了口气。上面的内容似乎是日记，又像是回忆录。他简单看了一下，然后在工作记录本的最后找到了几个人的名字，后面对照着人名的资料和家庭地址。

时间已经是下午七点多，房间里有些黑，外面的光亮透进来。他趴在桌子上，费力地将资料抄到一张纸上，从外面看，隐约可以看到他弓起腰来有些费力。

收拾好一切后，他出门了。

街上人不多，但是也不冷清。五年的发展，先前门口荒凉的空地，竟然变成了一个小公园，好多人围着小公园在唱歌、跳舞或者嬉笑打牌。

他穿过中央大道，穿过商林街，最后来到了一个偏僻的小区门口。在门口的一个小吃店，他坐了下来，点了一份小吃。

正是傍晚时分，小区进进出出的人特别多，有接送孩子的，有下班回家的。

他的目光紧紧地盯着前面，一丝一毫都没有离开。

街灯亮了起来，小区里面也从星星点点到了万家灯火。他的目光却没有变，依然坐在小吃店门口，看着小区门口进出的每一个人。

终于，一个身材瘦长、戴着鸭舌帽的男人从外面走了过来，向小区里面走去。看到那个男人，他立刻站起来，跟了过去。

鸭舌帽走得很慢，他跟到对面的时候，那个鸭舌帽才刚刚进入小区里面。他悄无声息地跟着那个鸭舌帽，走进旁边的一个单元楼。鸭舌帽上了楼梯，四处看了看后,拿出钥匙准备开门。

他蹑手蹑脚地站在鸭舌帽的身后,等鸭舌帽打开门准备进去的时候,他从后面忽然一闪钻了进去,然后从背后一把将鸭舌帽扣住,死死地按到了地上。

鸭舌帽手里的东西掉到地上,撒了一地。

他用脚一勾,把门从后面关上。

鸭舌帽惊叫着,看到他的样子后,顿时愣住了:"你,你,你怎么来了?"

"我说过,你要是再做错事,我饶不了你。"他低着声音,恶狠狠地说道。

"你要是说最近这两起案子,不是我,真的不是我。你看。"鸭舌帽一听,连连摇头,然后努嘴示意地上的东西。

他低头一看,这才看见,鸭舌帽手里拿的袋子里面装的都是一些装满红色液体的袋子,似乎是血浆。

"要是我干的,我还用去买这些东西喝吗?"鸭舌帽无奈地看着他。

他慢慢松开了手,似乎还有些不相信:"真不是你?"

"真不是我。"鸭舌帽愁眉苦脸地揉了揉被他按得发酸的胳膊,然后从地上捡起了那些红色袋子。

"哪买的?"他问。

"医院找熟人买的。"鸭舌帽微微抬了抬头。

他没有说话,打量了一下眼前的房间。这是一个标准的开间,客厅和卧室在一起,只有一张床和一个桌子,桌子上放满了各种各样的东西,跟垃圾场一样。在床头,贴着一张照片,上面是鸭舌帽和一个女人的合影,上面的女人笑容灿烂,样貌清秀。

"小琴没有再回来?"他盯着照片上的女人问。

"没有,怎么会回来?像我这样的人,人不人鬼不鬼,谁敢跟我在一起。"鸭舌帽说道。

他叹了口气,拍了拍鸭舌帽的肩膀。

"你这些年都去哪里了?"鸭舌帽又问。

"一言难尽,改天再说吧。我还要找其他人。"他从口袋拿出几张百元钞票,放到了旁边的桌子上。

"不用找了,这次的案子不是我们几个做的。"鸭舌帽说。

"确定不是你们做的?"他愣住了。

"苏小梅和我现在每天都靠田奎给的药支撑生命,你也知道,如果喝了热人血,身体里面会发生改变的,如果要做这些事,我们早就做了。"鸭舌帽说。

"好,我知道了。"他没有再说什么,点了点头往外走去。

"你说,会不会是他回来了?"身后的鸭舌帽忽然问了一句。

他停下了脚步,没有动也没有回头,几秒后,拉开门走了出去。

鸭舌帽的话像一把锤子,重重砸在了他的心底。

难道真的是他回来了?

如果是的话,所有的一切都将陷入万劫不复的深渊。想到这里,他推了推自己的眼镜,冷汗涔涔。

阴沉的夜幕,没有风。星星像是害怕恐怖的孩子,躲在云里不出来。这样的夜晚,真的是月黑风高。

经过一条小巷的时候,他听见一个脚步声从里面传出来。抬头,正好看见一个穿着黑色雨披的男人从里面走出来。

两人对视了一眼,电光火石间,他看见男人的嘴角有一丝血迹。男人没有说什么,继续向前走去。

走进巷子里面没多久,他看到前面趴了一个女孩。昏暗的光线下,女孩白皙的脖子上有两处清晰的牙印伤口,余血从伤口里面流出来,显得触目惊心。

他立刻蹲下身,在女孩的鼻息间伸手试探了一下,发现女孩已经没有了呼吸。

没有多想,他转身走了出去。

街上已经没有人,刚才遇到的男人也消失不见了。

这时候,身后忽然传来一个声音。他回头一看,竟然看到刚才没了呼吸的女孩朝自己扑了过来,他身体一闪,女孩的一只手搭在了他的肩上,他一把抓住女孩的手用力一甩,将女孩甩了出去。女孩的身体往后一仰,栽倒在地上。这一次,女孩不再动弹,也没了任何声音。

他不敢多停留,立刻离开了现场。

6. 隐藏的档案

田老头收起那些档案资料,急匆匆地走了。临走的时候,他让叶平写一下工作记录。

如果说雷教授是个怪胎,那么田老头绝对是怪胎中的极品。对于叶平这个第一天上班的人,他什么都没教,甚至连厕所在哪都没跟他说,结果晚上临下班竟然让他来写工作记录。

叶平翻看了一下桌子上的工作记录,零零散散的,除了有几页象征性地写了一些废话,其余都是空白。

叶平将今天来档案局做的事情简单写了下,包括多余档案的整理、标号、排序。这些用字眼看起来很简单的工作,其实做起来非常难。好不容易写好,收拾好一切,准备走的时候,楼下的同事抱着一叠档案袋子上来了。

"刚在下面发现的,也没多少,就给你送来了,你一并把它整理了吧。"

叶平有些生气,这里的人还真是精明,逮个人想当驴用啊。

生气归生气,不过面子上还是要和气。叶平笑着将那一叠档案袋收了过来。

这些档案不知道被封闭了多久,打开档案的时候,一股浓重的灰尘味扑面而来,叶平忍不住咳嗽了几下。他只好等那些灰尘散去后,抽出里面的档案内容。让他意外的是,从那个档案袋里抽出来的竟然还是一个档案袋,不过这个档案袋用细密的塑料油布包着,而且档案袋的封面也有些不一样。

这个档案袋上面的档号和档案馆号都没有填,档案名是"关于寻灵计划调查",立档单位是豫城文物局、豫城市政府,密级竟然是绝密。

所有的档案密级大多是秘密,很少有机密,绝密应该属于特别机密的事情。很多绝密的档案,叶平也就是听朋友说过,但是从来没有见过。没想到,这里竟然还有一份绝密档案文件。

好奇心像猫爪一样挠着他的心,犹豫一番,叶平打开了档案袋子。

依然是灰尘扑面而来,里面是密密麻麻的一沓稿纸。前面几张似乎都是审讯记录,大多数是一问一答的形式。

审讯记录后面的是篇匿名回忆录,字体工整,文笔也很流畅,就像是在写小说一样。

叶平打开第一页,仔细看了一下,顿时陷入了里面。

我是七号,也是整个计划的执笔者,男,职业是法医。

一九七八年,国内司法部研究所组织法医培训班。拥有国外留学经历的我幸运的成为了其中一员。在法医培训班结业后,我被分到了豫城公安局法医部。

法医部一共四个人。但是真正接触尸检,随行现场的除了我,还有一个老头,他叫铁奎,是公安局里的老法医。据说老铁家祖上是朝廷御用的仵作,很多看尸断查的本事从不外传。我的到来让老铁很不高兴,几次三番都给我出难题。这个我可以理解,传统的看不惯新进的,如同中医反感西医一样。

我的父母都在国外,因为性格的原因,我朋友很少。所以大多数时间,我都是呆在法医科,偶尔会去局里旁边的运动场看人打球。

和五号除灵者就是在运动场认识的。五号除灵者和我一样,也来局里没几天。没有案子的时候,他会来运动场打球。

五号除灵者是做刑侦的,有时候好几天都看不见他,有时候却又天天看见他在打球。关于他,局里的人都知道,五号除灵者的父母都是警察,在他很小的时候因为执行任务双双遇难。可能是父母早亡的缘故,他的性格有些孤僻。

如此算来,5号除灵者是我在公安局里唯一的朋友。

其实,我和五号除灵者的交流并不多。但五号除灵者经常会问我一个问题:"你相信鬼魂之说吗?"

"不信,但是我相信每个人都是有灵魂的,每一个死者都值得尊重。"这个回答是在学校的时候老师说的。那时候,老师就说过,作为法医,总会有人问这个问题,但是我没想到第一个问我的人竟然是个刑警。

"这个世界很奇怪的,没有什么不可能的。"五号除灵者听完我的回答,重新拿起篮球,向球篮扔去。

两天后,法医科送来了一具尸体。老铁笑眯眯地看着我问一个人行不行。

我拍着胸脯说,没问题。

送尸体的同事似乎有些不放心,但是却被老铁拉走了。

这不是我第一次独立操作,但是却是第一次看到如此恐怖的尸体。尸体是一个成年男性,死于中毒,所以整个脸特别得涨,眼睛爆睁,瞳孔发红,整个身体因为死前的痛苦到处是伤痕。

尸检表格上第一栏便是死亡原因。这种外表无法看出具体死因的尸体,只能解剖确定。我将尸体的衣服褪下来,奇怪的是,尸体的脖子上绕着一圈细小的红线。为了方便,我将红线剪断。

解剖并不复杂,我一边按照步骤进行,一边记录着检验结果。也许是太过投入,我都没有发现尸体发生了变化。尸体的头发和指甲在短时间内竟然疯长了两倍,并且指甲的颜色特别深。

白炽灯下,这个发现让我特别意外。尸体已经确认死亡,甚至为了看中毒情况,我已经将它的肚子都开了一条缝,但是他的头发和指甲却莫名地生长。就在我准备进一步解剖的时候,尸体忽然坐了起来,跟着头也转了过来。

人死后,神经会有一些触动,难免会发生一些反射,但是绝对不可能像现在这样,这简直就是老人说的诈尸啊。

我看着尸体慢慢从解剖床上走下来,然后一步一步向我逼近。

转瞬间,解剖室里的灯灭了。等到灯再亮的时候,我看见尸体已经躺在了解剖床上,旁边还站着一个人——五号除灵者。

"想着老铁头让你一个人处理,怕出问题,便过来了。"五号除灵者若无其事地说道。

刚才的变化,让我舌头发麻,浑身冰冷,半天没有反应过来。

"以后,看见这东西,不要轻易去掉。"五号除灵者拿起我刚才剪掉的红绳,重新系到了尸体的脖子上。

这时候,电话突然响了,将叶平从回忆录里拉回了现实。他接通电话,很快,听到对方的声音。

"要不晚上一起吃个饭?"电话里传来了一个声音,带着一点点怯意。

"不了,你自己吃吧。"叶平果断地拒绝了,不过在挂电话之前他又说了一句话,"等我下班了,过去看看你。"

"好的,好的,太好了。"对方愣了一下,很快高兴地叫了起来。

叶平低下头,拿起第二页想要继续看下去,可是刚才的电话却让他有些烦躁不安。他拿起手机看了一眼,已经快八点了,于是他干脆收起东西,准备离开了。临走的时候,他顺势从那个档案袋里拿走了两页记录,塞进了包里。

7. 疯尸病

车子离开了市区,沿着淇河大道向北开去。坐在副驾驶上的田奎微微闭着眼,似乎在想什么事情。他的手里拿着高成给他的档案,其中几页他抓在手里,一直没有放回去。

从档案局出来,田奎径直上了高成的车,然后在导航仪上输入了目的地,跟着便让高成开车。

高成早已经习惯了师父的做事风格,他也不问,发动车子,向目的地开去。对于今天下午在殡仪馆见到的事情,高成虽然满腹疑惑,但是他感觉师父应该了解一些东西。从警六年,虽然见过不少怪异离奇的案件,但是今天这种案件还是第一次遇见。一个死了好几天的人,怎么还会爬起来呢?

这一点,高成百思不得其解。导航仪上的目的地比较远,位于城市郊区,路程需要二十七分钟。根据距离,高成猜测那里应该是安城墓园。

自从高成到警队跟着田奎后,每年的清明节他都会开车送师父来安城墓园一趟,那里有一座无名的墓碑,每次他都会在那里呆上一个小时,也不说话,只是抽烟,偶尔还会低声抽泣。

也许墓碑里埋了一个很重要的人,但是不知道为什么没有姓名。以前高成问过,师父也没告诉他。

半个小时后,导航仪上提示目的地到了。

田奎睁开了眼,将手里的档案收起来,下了车。

高成跟着走下来,这次发现他们所处的位置是在安城墓园的后面。田奎指了指前面的一条小路,然后快步向前走去。

小路没有灯,地面崎岖不平,还有一些积水。高成没走几步就把两只脚搞得湿漉漉的,他心里不禁有些抱怨,也不知道师父带他来的是什么地方。所幸没走多远,他们在一个房子前停了下来。

高成打量了一下,发现眼前的房子竟然是一个门面房,旁边还挂着一个木牌子,上面写着主要营售的是棺材、寿衣之类的东西。

田奎敲了敲门。

门开了,一个女人站在门口。看到田奎,冲着他点了点头。

高成却有些意外,眼前的女人大约二十多岁,穿着一件普通的衬衫,皮肤白皙,眼睛又圆又大,头发束了个马尾。这和她所处的棺材店简直格格不入,尤其是当高成走进房子里面的时候,他发现这个女人竟然就是棺材店的老板。

"这是苏小梅。"田奎给高成介绍了一下。

"你好,我是……"

"高队长,你好。"没等高成自我介绍,苏小梅喊出了他的身份。

"好了,我们开门见山。"田奎将那份案卷档案放到了桌子上,指着秦树德的死亡现场说,"我看了下,可以确定这个死者的症状和之前的一样。今天下午,小高还看到了他尸体起尸的过程。这是死者死后第四天,但是还出现了起尸的现象。"

高成听得一头雾水,之前的死者?莫非之前就出现过这样的案件?

"对,我也发现了这个问题。可能是他们进化了。因为按照以前的情况,在死者死亡后的四十八小时,所有的异常都会消失的。"苏小梅点点头说。

"师父,之前有过这样的情况吗?"高成忍不住内心的好奇,问了一句。

"我有些事情要办,你的疑问,小梅会告诉你。"田奎冲着苏小梅点了点头,然后自己走进了里面的房间。

"来,我们坐下说吧。"苏小梅说着,拉了一把凳子放到了桌子前。

高成坐下后,苏小梅从旁边的抽屉里拿出一份文件,然后递给了高成。这是一份发黄的文件,外面的文件包装袋已经脱色,可以隐约看见其中两个字:保密。

打开文件,高成看到这是一份 20 世纪 90 年代的保密协议,其中第一页资料上面写着:"关于苏小梅和杜发的身体研究报告"。

报告页数不多,但是密密麻麻的全是一些看不懂的数字以及图案,后面还有一张人体图,上面的骨头扩开,仿佛有什么外力,将人深深困在里面。高成这才发现,图中人的骨头和正常人的不太一样,其头骨比正常人也要大一圈。

在保密协议的后面,还有几张剪辑的报纸贴在上面。那些报纸上面全部是关于所谓"疯尸病"的新闻。

所谓的疯尸病,是从一个村庄传染出来,一个死去的老人,在女儿为他守夜的时候,突然从棺材里跑出来,逢人又咬又啃,仿佛是从地狱里爬出来的恶魔。被尸体咬过啃过的人,在半个小时后也会疯狂地诈尸。

为了控制这种场面,国家安全部门专门派了一个调查组来到安城。来到安城的调查组了解了疯尸病的情况后,不得不找人帮忙,同时为了避免群众恐慌,低调行事。

让高成意外的是,在其中一张报纸上,他看到了一张黑白合影,上面一共七个人,其中竟然有师父田奎。旁边的女孩看着也有些熟悉,高成定睛辨认了一会儿,不禁心头大骇,那赫然正是坐在自己旁边的苏小梅。

看到高成看自己的眼光有异,苏小梅知道高成看到了照片上的自己。她也没有隐瞒,简单地将那个文件里没有的事情补充一下。

疯尸病出现后,为了避免扩散,安城所有部门配合调查组的要求,从各个地方抽调了一个小分队负责专案对接,这个小分队队长就是高成的师父田奎。

"你们其他人也是警察吗?"高成看着照片问。

"不,照片上除了田奎外,我们都是疯尸病的患者而已。"苏小梅苦笑了一下,然后陷入回忆中。

8. 锁尸红绳

公交车是最后一班,人不多。

叶平在最后一排坐了下来,然后拿出了从档案室带出来的那个档案袋。他的脑子里还在想着之前看的内容,于是不禁翻起了那页,借着窗外的月光,慢慢往后面读了起来。

人死后,血液凝结导致皮肤变白,脑细胞开始成批死亡,因为没有血压,瞳孔开始放大。在四个小时内身体肌肉开始僵硬,尸僵开始扩散,凝结的血液开始使皮肤变黑。

这是法医课上对于人死后尸体变化的描述。

但是五号除灵者说,人在这个时候还没有死透。如果有外来的血液进入体内,就会变成僵尸。

从理论上来说,这个时候的尸体的确还不能算彻底死透的尸体,因为在后面的三个小时内,尸体还会出现厌氧性的生理反应。不过没有人在这个状态下做过进入外来血液的实验。

国外一直都有吸血鬼的传言,这个我很早就听过。但是之前教授说过,早起的吸血鬼不过是卟啉症的患者。

对于中国的僵尸,我倒是第一次听说。不过刚才在解剖床上的那具尸体,让我明白了一些东西。

"那根红绳叫锁尸红绳,顾名思义,那个尸体会诈尸,所以在送来的时候,有人特意绑住了他。"五号除灵者从口袋拿出了一盒烟,递给我一根。

这是我第一次抽烟,北京的大前门,抽起来很冲,但是却觉得很爽。

"我八岁那年第一次见这种红绳,那天很冷,风刀子般刮着脸……"五号除灵者抽口烟,忽然讲起了他的事情。

那年的豫城刚刚有数万人移民外地,白天热热闹闹,一到晚上几乎没有人。五号除灵者家里离派出所不远,父母经常加班到深夜,五号除灵者没事便从家里来派出所找他们。

那天是个周末,五号除灵者跟往常一样从家出门。拐过一条巷子的时候,他看见有人在哭喊求救。从小受到父母影响的他,马上冲了过去。然后他看到一个女孩被一个男人按在墙上,正在用力挣扎。

年幼的五号除灵者拿起一块石头,用力砸了过去。

那个男人转过了头,看不清样子,只能听见粗重的喘气声。可能五号除灵者太小,对方根本没有把他当回事,继续转过头向墙边的女孩下手。

"啊",女孩叫了起来。

五号除灵者又一次拿起了石头,用尽全力向男人砸去。这一次,石头砸到了男人的后脑勺,他被激怒了,转过了头,松开了女孩。

有光从前面晃过来,男人的样子清晰地出现在了五号除灵者的眼里。那是一张狰狞恐怖的脸,仿佛是被人重新捏过一样,嘴巴半张着,两个门牙外露,嘴角还滴着殷红的鲜血。那根本就不是人,而像是地狱窜出的魔鬼。

五号除灵者瞬间吓呆了,一屁股坐到了地上,眼睁睁地看着那个恶魔一步一步向自己逼近。

就在这个时候,后面的路口突然跑过来一个老头,他用一根红色的绳子一下子将那个男人的脖子拴住,然后快速地打了个结,那个男人立刻倒在了地上。

老头看了一下前面倒在地上的女孩,摇了摇头,又从口袋里拿出一根红绳在女孩的脖子上绕了一圈。

不知道过了多久,五号除灵者反应了过来,他连滚带爬地向派出所的方向跑去。

那天晚上,五号除灵者发起了高烧,接连几天一直在医院。其间,父亲和母亲来看过他一次,后来便再也没有出现过。

出院后,五号除灵者参加了父母的葬礼。

殡仪馆里,他看见父母安静地躺在一起。他们的脖子上都系着一根红绳。

五号除灵者后来跟着姑姑离开了豫城,直到十年以后他才重新回到这里。他从来都没有忘记过豫城的一切,那个晚上发生的事,那个狰狞的恶魔,那个挣扎的女孩,包括那个用红绳系人的老头。

"我在一次办案的时候知道这种红绳是专门用来锁僵尸的。我父母的死因,我问过几次,却从来没有得到答案。我想可能唯一的线索就在那个老头身上。但是,这么多年过去了,也许那个老头早已经死了。"五号除灵者也许是第一次跟人讲自己的故事,情绪特别深沉。

这时候,公交车突然来了一个紧急刹车。正看得入神的叶平没有准备好,差点从座位上摔出去。

叶平这才看见,整个公交车只剩下三个人了,他看一下时间和站牌,才发现自己坐过了站。于是,他立刻向门边走去。

还好只是坐过了一站,要不然还得转车回来。

惠民小区,一楼。

敲了几声门,里面无人应答。

叶平有些奇怪,他走到窗户旁边,歪着脑袋透过旁边的缝隙想要望进去,可惜只能看到屋子里一点点。

"你在做什么?"忽然身后传来一个声音。

叶平回头一看,身后有个老人,戴着一顶鸭舌帽,手里拎着一个超市袋子,里面大部分都是菜食品之类的东西。

"进来吧。"老人说着打开了门。

叶平默默地跟了进去。

早上来得比较匆忙,并没有仔细看房间里的情况。现在仔细一看,叶平不禁有种久违的熟悉感,房子里的设施,家具摆放,所有的一切都没有变,甚至卧室门口上的几张动漫贴画还在,那还是叶平大学选修动漫专业时贴上去的。

老人拎着袋子进了厨房,开始忙活起来。叶平打开了电视,这样的日子,他们好久没有享受了,突然出现,叶平还有些不习惯,频频站起来看看厨房正在忙碌的老人背影,然后又坐下去。

饭菜比较简单,四菜一汤,但是香味扑鼻,这让吃惯了学校食堂和外面快餐的叶平胃口大开。

老人吃得很少,偶尔盯着狼吞虎咽的叶平微笑。

一顿饭吃了半个多小时,叶平帮着收拾好碗筷后,重新坐到了沙发上看起了电视。

电视上正在播放一则新闻。

"今天晚上七点左右,警察接到报案,在梅花巷里发生一起凶杀案。经过对四周群众的走访,警方在路口监控摄像里发现,凶手身形瘦长,戴着一顶鸭舌帽。希望有线索的群众能提供给警方,帮助警察早日破案。"

叶平腾地一下站了起来,他的目光落到了对面衣服架挂着的鸭舌帽上。

这时候,端着一盘水果的老人从厨房出来了。

叶平死死地盯着老人,一字一句问:"是不是你干的?"

老人摇摇头,然后说:"你还是不相信我?"

叶平没有说话,只是看着他。

"要是这样,你走吧。"老人说着转身向卧室走去。

叶平迟疑了几秒,站起来走了出去。

从惠民小区出来,叶平忽然发现自己走得太急,忘记拿今天从档案局带出来的档案。不过那是一个很早以前的案子总结,里面也没什么东西,叶平也不想再回去,于是直接下了楼。

楼上的老人说完那句话有些后悔了,他看到叶平的袋子还在桌子上,于是拿着追了出来,可是叶平已经下了楼,走远了。

老人失落地拿着东西重新回到了房间里,在往桌子上放的时候,袋子里的东西滑了出来。老人拿起来准备再装进去,可是无意中看到档案的名字,不禁心头一震。

9. 异人实验

一九九二年五月十二日下午三点十分。

苏小梅从家出来,看到了门口停着的一辆桑塔纳。她知道,这是来接她的。

这是苏小梅第一次坐小轿车,车子里的任何装饰都让她惊奇不已。开车的是一名三十多岁的男人,副驾驶是一个表情刚毅的警察。这个警察之前苏小梅见过一次,他叫田奎,市里调过来负责一个案子的刑警。

小汽车的速度果然快,平常从苏小梅的家到明安医院骑车再快也要半个小时,可是汽车只用了十几分钟,他们就已经来到了明安医院的大门口。

苏小梅跟着田奎走进了医院的大门,然后穿过院子,经过走廊,最后上了二楼,来到一个会议室里面。

会议室里人不多,前台坐了三名领导,苏小梅找到一个位置,坐了下来,她这才看见和自己穿着一样衣服的还有五个人,加上自己一共三女三男,其中有一个男的,苏小梅认识,他叫杜发,是电池厂的职工。

人齐了,会议开始了。

之前田奎已经和他们六个人都沟通过,为了国家,他们要做一件舍己为民的事情。他们七个人是从安城几十万人里挑出来,无论素质还是身体机能,都比较符合要求。

能够给国家做贡献,这是莫大的荣幸,所以被选中的每个人都骄傲无比,在他们看来,只要是为国家献身,他们都会毫不犹豫。

领导的讲话很简单,无非是一些打气话。真正让他们知道自己要做什么的,还是田奎。因为他是这个项目的总负责人。

田奎坐到台上后,其他人都离开了,整个会议室只剩下七个人。

与此同时,会议室的门也从外面锁上了,一股莫名的沉重气氛顿时弥漫在会议室里面。

"在你们桌子前的抽屉里面,有一张报纸,大家打开看一下。"田奎说道。

苏小梅这才看见,在桌子前面的抽屉里还有一张报纸。她按照田奎说的,打开了报纸。

这是一张没有对外发行的报纸。苏小梅在报社做过,对这个还是比较熟悉的。一般不对外发行的报纸,要么是有重大错误信息,要么就是有些消息需要被封锁起来,以免引起人们恐慌。

果然,这份报纸属于后者。

因为整份报纸都是在报道一个消息——疯尸病。

这种疯尸病,苏小梅从来没有见过,更是连听都没听过。同样,从其他人的眼神、表情可以看出来,大家应该都是第一次见到这个东西。

"第一起疯尸病发生在安城东区的一个名叫吴家村的地方。疯尸病传播速度特别快,并且很恐怖,短短不到两天时间,吴家村这个算是附近比较大的村子,全部被疯尸病袭击。我们派出去的医生对于这种病也是束手无策,无奈之下,我们只能从外地找人帮忙。对方提供了一个办法,那就是将疯尸病患者的血抽出来进行分析研究。不过疯尸病发病特别快,我们抓了几个患者过去,可惜体内的感染成分特别少,都没有做成功。后来,对方分析了一下,得出个结果。凡是能力越强的患者,他身上提供的东西就越可以帮助找到消灭疯尸病的方法。于是,他们准备选几个真人来做这场'战争'的终结者。"

听到这里,台下的几个人明白了过来。本来他们以为被选到这里是有新的任务,又或者说是有其他安排,但是没想到竟然是做人体实验。

"那要怎么做?"苏小梅问了一句。

"其实很简单,在你们身上注射可以消灭疯尸病的血清,然后再把你们送到吴家村,你们要用尽办法生存,等到被感染者袭击后,你们体内的血将会成为终结这场瘟疫的唯一手段。当然,如果有什么问题,第一时间联系我们,我们会立刻派人将你们救出来。"田奎说道。

六个人都没有意见,他们组成了一个团队。为了国家,为了人民,他们将生死置之度外。

签完生死文件后,他们被安排到医院,依次输入了一瓶血清,然后坐上了一辆吉普车,向吴家村开去。

虽然在会议室每个人都做了自我介绍,但是苏小梅并没有记住每个人的样子。她只认识杜发、雷良和张若婷。另外两个人分别叫吴波和聂丽丽。

吉普车带着他们向吴家村飞奔而去。一开始大家都没有说话,每个人都低着头,在想什么事情。

后来性格活泼的张若婷提出大家再做一次自我介绍。

这一次,每个人都说得比较详细,连住址以及个人情况都说得很清楚。尤其是吴波,他戴着一副厚重的眼镜,说话慢吞吞的,他刚从大学毕业,本来一心想要用热血青春报效国家,没想到被选上了这样的实验。

"毛主席他老人家说过,不管风吹浪打,胜似闲庭信步。既然组织上选择了我们,我们就是组织的希望。从现在开始,我们就是一个团体,大家要相互团结,争取平安去,平安回。"

雷良是从部队选拔出来的,行为举止都比较认真,年龄也比他们都要大,说话也是有板有眼,但却很是鼓舞人。

"团结就是力量,这力量似铁,这力量似钢。"聂丽丽是从艺术学校出来的,受到鼓舞后,立刻领歌唱了起来。

车厢里很快传来了几个人的合唱声,那个时候,没有人知道,歌声带他们走向的是一条不归路。

那个时候,每个人都抱着随时牺牲的心态,一心回报社会的念头。所以对于六个人来说,并没有恐惧。

吉普车在吴家村外的两公里处停了下来,他们从车上下来。苏小梅看到前面站满了端着枪的军人,并且不远处还拉着警戒线和道闸。

田奎带着六个人,拿着一个文件交给了旁边的一个军官。那个军官立刻拿着文件交到旁边的房间里。

几分钟后,那个军官出来了,他冲着旁边几个人喊了一下。六个穿着军装、携带武器的军人走过来,他们将身上的手枪拿出来,转身交给了田奎身后的每一个人。

苏小梅他们从来都没开过枪,一脸茫然地接过,不知所措地看着田奎。

"我能换把八一式吗?"雷良不是特别喜欢分到手里的五四式小手枪。

"给他一把。"那个军官冲着雷良对面的军人说道。

铁道闸被拉开了,六个人逐一和田奎告别,然后向前面走去。

苏小梅记得当时正好是夕阳西下,金色的余晖洒下来,落在吴家村前面的树林上,格外好看。四周都是山林野地,一片安静,仿佛整个世界都被隔离了一样。

可惜,这份安静没有维持多久就被打破了。

说到这里,苏小梅忽然停住了,用力咳嗽了起来,整个人蜷缩着,身体微微发抖,然后嘴里发出了一个奇怪的喘息声。

"怎么了?"高成走过去想要扶她。

"别动。"这时候,田奎从里面出来了,他的手里拿着一个瓶子,里面装着红色的液体,他单手按着苏小梅的头,然后将那个红色的液体滴进了苏小梅的嘴里。

随着红色液体滴入苏小梅的嘴里,她的身体也渐渐平复下来,最后竟然安静地睡着了。

然后,田奎把苏小梅抱进了房间里面。

这一幕发生得太快,高成看得有些摸不着头。他看着桌子上放的那瓶红色液体,拿起来闻了闻,不禁心头大骇。

那竟然是一瓶血。

10. 僵 尸

叶平回到学校的时候,正好看到桑柔和几个男生往外面走去。

"桑柔。"叶平喊住了她,"这么晚了,你这是去哪里?"

桑柔后面的一个男生窜了出来,他染着黄毛,瞪着眼睛,嬉笑着说:"呀呵,这不是叶平吗? 怎么,要不要和我们一起出去玩啊?"

"陈正飞,学校马上要关门了,你带桑柔去哪里?"叶平皱了皱眉头,他没想到桑柔怎么会和陈正飞这样的学生在一起。

"我们去好玩的地方,嘿嘿。"陈正飞说着伸手搭在了桑柔的肩膀上,桑柔挪了挪肩膀,有些抗拒,却没有挣脱。

"跟我回去。"叶平也不知道哪里来的勇气,一把推开了陈正飞,拉着桑柔往学校里面走去。

"妈的,小子,想干什么?"陈正飞脸上挂不住了,他后面的两个男生也走了过来。

"你回去吧。"让叶平没想到的是,桑柔竟推开了他。

"看到了没? 少他妈的管闲事。"陈正飞啐口骂了一句,拉着桑柔走了。

叶平看着他们走出学校,停了几秒后,转身向学校里面走去。

已经是毕业班了,老师也不怎么管,宿舍里早已经过了熄灯时间,但是还是灯火通明。有的在喝酒聊天,有的在打牌喧哗。很多宿舍里的床铺都空了,有的同学已经提前去实习,也有的在外面和朋友同住。

叶平所在的宿舍也只剩下三个人,一个在外面和女朋友同居,另外一个是准备考研的杜玉明。

"吃饭了吗?"看到叶平回来,正在看书的杜玉明站了起来。

"吃过了。"叶平点点头。

"你这工作也太恐怖了,刚开始就加班这么晚?"杜玉明叹了口气说。

叶平没有说话,他坐到床铺上,抬头看到旁边的一张海报,海报是桑柔送给他的,旁边还有桑柔写的祝福语。

"愿你一生幸福、快乐。"

整个临床系都知道,桑柔喜欢叶平,但是叶平却没有接受她。即使如此,桑柔依然追求着叶平。

"这两天我看桑柔和陈正飞他们走得比较近,有空你提醒下桑柔,陈正飞可不是什么好东西。"杜玉明又说话了。

"我凭什么去提醒人家啊,每个人都有自己的交友权利。"叶平说。

"看你说的,桑柔喜欢你这么久,总不能看着她往火坑里跳吧。"杜玉明说道。

也许是杜玉明的话提醒了叶平,他一下子从床上坐了起来,往宿舍门外冲去。

走出学校,叶平先给桑柔打了几个电话,然后又发了几条微信。桑柔没接电话,也没回微信。就在叶平犹豫着去哪里找她的时候,桑柔给了他一个地址。

三民路夜色酒吧。

叶平没有多想,拦了一辆出租车,向夜色酒吧开去。

三民路是安城的娱乐街,夜色酒吧是其中最大的一家酒吧。虽然已经是午夜时分,但是酒吧里却人声鼎沸,热闹非凡。

叶平走进去后四处看了看,酒吧里到处是人,加上摇晃的灯光,根本找不到桑柔他们。就在叶平准备再给桑柔发信息的时候,他看到陈正飞从前面的一个侧门里钻了出来,拿了几瓶酒后,又钻进了那个侧门里。

叶平立刻跟了过去。

侧门后面是间包房,叶平看见陈正飞走进了走廊尽头一个房间,于是他也跟了过去。

包房里歌声沸腾,七八个男人和三四个女人坐在一张圆形沙发上,桌子面前堆满了空酒瓶子和水果。

陈正飞正在给一个男人倒酒,桑柔坐在最边上,一个男人一只手搂着她,另外一只手拿着一瓶酒往她嘴里灌。

叶平见状,冲过去推开了那个男人,将桑柔从沙发上拉了起来。

包间里的人都停住了动作。

音乐也停了下来。

"叶平,你来这做什么?"陈正飞也愣住了,脸色有些难看。

"你们认识?"坐在中间的一个戴墨镜的男人抬着头,看了看陈正飞。

"是,是同学,他是桑柔的男朋友。"陈正飞慌忙说道。

"对啊,他是我男朋友。我们吵架了,不好意思啊。"桑柔也跟着说道。

"我们是同学。这么晚了,再不回去,学校会着急的。"叶平说着转身向外走去。

"原来是同学啊,那一起坐下来喝酒啊。"墨镜男一听,哈哈笑了起来。

"不,我们不喝了。"叶平摆了摆手。

"这是不给我面子吗?"墨镜男一听,拍了下桌子。

陈正飞一看,不禁瞪了叶平一眼:"快,给天狗哥敬一个酒,赔个不是,天狗哥不会跟你计较的。"

叶平知道陈正飞在帮自己,不过他不喜欢这种场合,尤其是对一个小混混弯腰低头,他更是做不来。

"好,敬酒不吃吃罚酒,是吧?给我带出去。"墨镜男不愿意再说什么,站了起来。他旁边坐的男人们也跟着站了起来。

"天狗哥,他是我同学,能不能给点面子?"陈正飞一看,走过去哀求了一声。

"滚你妈的。"天狗照着陈正飞打了一巴掌,骂了一句。

叶平和桑柔被他们推搡着来到了酒吧的后门。酒吧的后面是一条小巷子,两个男的将叶平按在墙上,另外一个男的拦着旁边的桑柔。

天狗摸着光溜溜的脑袋,走到叶平身边就是一顿捶打,巨石一样的拳头打在叶平身上,他顿时感觉五脏六腑要错了位,一股腥味涌入喉咙,殷红的血从嘴里吐了出来。

"叶平!"桑柔看到叶平的样子,急得哭了起来。

"住手!"这时候,巷子口突然传来了一个厉喝。

一个高大的人影站在巷子口,虽然看不清样子,但是可以确定那是一个男人,因为他站在黑暗中的缘故,看不清样子。

"管闲事的真多,给我上。"天狗一扬头,身后的三个男人冲了过去。可是,三个男人还没有靠近对方,就被对方打倒在地上,并且发出惊恐的叫声。

"妈的,一群废物。"天狗自己走了过去,他和之前的人一样,也是刚到男人身边,便被对方按到地上,发出了一声凄厉的惨叫声。

见此状况,桑柔扶着叶平赶忙向对面跑去。

好不容易跑出巷口,叶平忽然停了下来:"陈正飞还在那里。"

"可是,可是……"桑柔有些害怕。

"不行,我得回去找他。"叶平顾不得身上的疼痛,重新跑到了巷子里面。

巷子里的灯不知道为什么也不亮了,黑乎乎的。

叶平刚走过去,就闻到了一股浓重的血腥味。前面不远处,天狗和三个手下躺在地上一动不动,那个人影还站在旁边。听见响声,那个人也一下子蹿了过来,一只手一下子扼住了叶平的脖子。

叶平感觉仿佛被一只铁爪抓住脖子一样,全身的血管都要爆出来。

"唔。"扼住他的男人发出了惊讶声,然后松开了手。

"咳咳。"叶平喘了过来,用力咳嗽了几下。等他抬起头的时候,那个男人已经走了。

"砰",酒吧后门忽然打开了,叶平回头一看,发现陈正飞瘫坐在地上,浑身发抖,嘴唇哆嗦着,他看着叶平,颤抖着重复着一句话:

"僵尸,吸血僵尸啊!"

11. 谜

从苏小梅家里出来,田奎和高成没有回家。

夜幕下的城市,灯火通明。一条柏油路,隔着两个世界。高成从来没想到,在师父的世界里,还有这样的经历。这是他做警察这么多年来,从来没有想到过的事情。

苏小梅是二十多年前的异人实验的对象,她的样子一直没有变,看起来还跟二十多年前一样。她喝的是血?难道她现在是僵尸?如果是这样,为什么没有找一个地方治疗?

无数个疑问在高成的脑子里撞击,结成一张网。也许是思考问题太过集中,一不留神,车子差点撞到旁边的一个石墩上。

"停到一边吧。"田奎看了他一眼。

高成应了声,在旁边停了下来。

"你心里一定很多疑问。"田奎打开车窗,从兜里拿出了烟,递给了高成一根。

"当时苏小梅他们六个人去了吴家村,后来发生了什么事情?"高成干脆问了起来。

"他们进入吴家村后一直没有出来。调查组后来又派了几队人进行搜找工作,结果一直没有找到他们的下落。当时的疯尸病情况比较严重,于是调查组提议将吴家村进行封村填平。这个提议得到了上面的同意,于是吴家村便被彻底孤立起来,附近的出口都被堵上了。

"因为这几个人是我之前联系的,面对他们的家属,我是非常愧疚的。大概又过了一个多月,有一天晚上,苏小梅和杜发突然来到我家。他们说感染了疯尸病,但是因为之前注射过血清抗体,所以没什么特别异常的地方。至于另外四个人,他们说在吴家村的时候遇到袭击,他们分开了。

"苏小梅和杜发的出现,让我重新燃起了信心。我再次向上面申请,希望可以带人进入吴家村,寻找失踪的其他人。可惜上面对这件事情已经了结,打回了我的请求。

"我不甘心,便想着找朋友帮忙,可以让整件事情成为一个热点。可惜,我的做法得罪了领导,组织甚至为了处罚我,将我调到了林城负责一些基层工作。"田奎说道。

"可是苏小梅他们怎么……"高成吸了口烟继续问道。

"我也是后来才知道的。那件事情后,我们大概有十年没有见面。直到后来我被调回安城,在一次调查医院丢失血浆的案子时,最后发现凶手竟然是杜发。那时候我才知道,杜发和苏小梅他们知道我被上面调走后,只能依靠自己。因为身体机能发生了改变,他们就像僵尸一样,害怕阳光,喜欢黑暗,以喝血为生,并且他们身体的新陈代谢停止了。他们曾经也想去单位,可惜对于吴家村的事情,上面不愿意被外界知道,所以要他们严格保密,并且每个月给他们一笔不多的补助和药物。要不然这么多年,他们早饿死在街头了。"田奎说了一下原因。

"原来是这样啊。"高成渐渐明白了过来。

"所以我才想到来这里问下情况。如果排除了是苏小梅和杜发做的,那么应该还有其他人躲在后面。而且这个躲起来的人和现在的凶杀案一定会有关系。"田奎点点头说。

"那苏小梅他们是患上了当时说的疯尸病吗?这个和僵尸有关系吗?"高成问。

"当初他们六个人进入吴家村,但杜发和苏小梅出来后谁也不说发生了什么事情。即使到现在,我依然不知道当时他们经历了什么。他们对这个秘密守口如瓶,但是他们说了,患病的还有其他人,而且有的人还攻击别人,所谓的疯尸病是当时的一个说辞。我做警察这么多年,有时候都觉得他们真的像是被传说中的僵尸咬了,所以可以容颜不变,一直躲在暗无天日的黑房里,以喝血为生。唯一不同的是,他们能控制自己,不出去害人。"田奎吸完最后一口烟,将烟头弹出了车窗外面。

高成的烟也吸完了,虽然还是疑问重重,但是他了解了一些基本情况。

车子重新发动起来,沿着公路向市里开去。

高成将田奎送到家后,自己直接开车回了局里。

因为知道了最近这两起案件背后的一些事情,所以再次看到案宗,高成总觉得受害者就是被僵尸咬死的。尤其是在殡仪馆,见到秦树德尸体的情况后。

可是苏小梅说了,他们几个并没有做这件事。

那么,消失的那些人呢?

当初在吴家村他们六个人究竟发生了什么?为什么回来的两个人都患上了疯尸病?

迷迷糊糊地,高成睡着了。

恍惚中,他看到有个人影从门外钻了进来,然后悄无声息地站到他面前。他抬头想睁开眼看清对方的样子,可是眼睛却怎么也睁不开。

哈,对方俯身凑到了他的脖子旁边,一股冰冷的气息窜进他的肌肤里面,他感觉对方的牙齿刺入他的皮肤,钻进他的动脉,身上的血被对方吸了去。

高成用尽全力想要推开对方,但是却根本使不上一点力气。

他觉得整个人身体都麻木了,然后轻飘飘地,仿佛坠入了没有底的黑洞。四周全是阴冷的风,他的身体不停地下坠,下坠,仿佛要到十八层地狱一样。

"高队,高队。"耳边有人在喊他的名字,他的身体瞬间从下坠的空间飞驰而上。睁开眼,他看到几名同事正围着他,用力拍打着他的肩膀。

抬起头,高成才发现此刻天已大亮,阳光从窗外照进来。他昨晚竟然趴在办公桌上睡着了。

"几点了?"高成伸了伸有些发麻的腰。

"已经早上八点半了。"一名同事看了看时间。

"哦,这一觉睡得我真难受。"高成揉着脑袋,站了起来。

"要不要吃点东西?"身后的同事刚买回来早餐。

高成闻了闻,肚子不禁叫了起来,他嘿嘿一笑说:"来,来,得麻烦你再去买一次了。"

"早知道了,所以让小陈多带了一份回来。"同事笑着将早餐放到了高成的桌子上。

这时候,桌子上的电话响了起来。

高成喝了口豆浆,拿起了电话。

"好,我马上过去。"说完,高成挂了电话,急匆匆离开了办公室。

12. 缠 绵

叶平走过去看了一下天狗他们四个人,他们的脖子下面都有一个猩红的牙洞,牙洞的位置正好在脖子上的动脉管上。

刚才的一幕,叶平还清晰地记得。那个神秘人在几秒间便把他们放倒在了地上,刚才那个人扼住叶平的一瞬间,叶平几乎一点反抗能力都没有。想来是陈正飞在后面看到了一切,所以才会吓成那样。

叶平探了探天狗他们的鼻息,隐约还有一丝呼吸。他解开天狗的衣服,在心脏处听了听,心脏跳得很弱,看来刚才那个人并没有对他们下死手,不过需要马上做心脏复苏,否则很有可能随时停止呼吸。

也许是等了太久没有见叶平回来,桑柔从巷子口走了过来。看到叶平,桑柔轻声喊了起来:"打电话找救护车吧。"

"我们学的专业不就是临床?最基本的救治措施我们可以做。"叶平说道。

桑柔走了过来,帮叶平扶住了天狗的身体,然后叶平对天狗的心脏用力按压了几下,随着简单的几下心脏复苏动作后,天狗的心跳终于恢复了过来,嘴里发出了轻微的呼吸声。

"好了。"叶平听了听天狗的心脏跳动,确定没问题后对桑柔说道。

桑柔松开了天狗的身体,刚准备站起来,却看见天狗的眼睛一下子睁开了,脸上出现了一个诡异的笑容,他微微张着嘴巴,发出奇怪的喘息声。

"啊",桑柔吓了一跳,一屁股坐到了地上。

"怎么了?"叶平惊声问道。

"他,他的样子太奇怪了。我们,我们还是找救护车吧。"桑柔指着天狗说。

这时候的天狗又闭上了眼睛，一动不动，仿佛刚才的一幕没有发生一样。

"好吧。"叶平猜测桑柔吓坏了，其他人的情况也不明朗。于是拿出手机，拨打了120。

没过多久，120救护车来了，本来清冷偏僻的巷子里面热闹起来。120的救护人员来到现场后，又拨打了110。警察和医护人员的出现，让四周路过的人都拥了过来。陈正飞的样子和嘴里喃喃说的话，让围观的人更加好奇刚才发生了什么。

叶平和桑柔接受了警察的问话，将事情的原委说了一遍，尤其是那个神秘人，不过叶平没有说那个神秘人扼住他的事情。

对于天狗四个人，医护人员并没有直接带回医院。等了十几分钟后，一辆黑色的福特车赶到现场，里面下来一个三十岁左右的男人，提着一个银色的手提箱。

叶平一眼就认出来，那个银色的手提箱是属于法医的工具。

天狗四个人并没有死，刚才叶平和桑柔给天狗进行了心脏复苏术，虽然天狗还没有恢复过来，但是呼吸和心跳都已经稳定了。其余三个人，120来的救护人员也做了基本的救治，然后他们都在现场等那个男人。

那个男人似乎有一定的职位，现场的警察和医护人员对他都很客气。叶平站在现场不远处，只能看到男人打开箱子，从里面拿出一些不知名的工具，在天狗四个人身上抽血，然后又在他们的脖子上滴了一些红色的液体。最后，那个男人在天狗四个人的脖子上分别系了一根红绳。

"锁尸红绳？"叶平一下子想起了这几天看的那个资料里提到的锁尸红绳。

收拾好一切，那个男人提着银色的箱子匆匆离开了现场。在男人离开后，其他人也开始做收尾工作。医护人员将天狗四个人抬进了救护车，陈正飞情况不太稳定，也被带上了救护车，然后离开了现场。

和警察简单交接后，叶平和桑柔也离开了。临走前，叶平问了一下询问他们的警察："那个男人是谁？"

结果那个警察瞪了他一眼："不关自己的事少问。"

此时已经是凌晨三多点，学校已经关了门。

"不如我们找个地方休息下吧。"桑柔说着低下了头。

"行，就去前面的酒店吧。"叶平脑子里全是对那个男人的疑问，也没有想其他的，脱口说道。

手续都是桑柔办理的,叶平跟着她来到三楼一个房间,走了进去。

忙活了一天,叶平身体又乏又累。桑柔去卫生间收拾,叶平躺在左边床上,他的眼前又出现了那个男人在天狗他们脖子上系的那个锁尸红绳。

天狗他们没有死,可是为什么那个男人要给他们系上锁尸红绳呢?

今天晚上在巷子里出现的那个神秘人究竟是什么人?陈正飞看到了一切,他说那是吸血僵尸。当时那个神秘人扼住叶平脖子的时候,叶平的脑袋里一片空白,根本没有看清神秘人的样子。

今天出现在现场的神秘男人又是什么人?为什么警察和医护人员都对他特别尊敬,并且对于他的身份也不愿意透露?

正在思考的时候,桑柔从卫生间出来了,她刚洗完澡,头发湿漉漉的,仿佛一朵出水芙蓉。

叶平这才反应过来,自己这么贸然和桑柔开了个房,她会不会误会?

"你也去洗洗吧。"桑柔轻声说道。

"我,我就不洗了。我将就下睡吧。"叶平有些尴尬地说道。

桑柔没有说话,脸微微有些红,坐到了旁边的床上。

房间里一片沉寂,只有两人的呼吸声。

"我,我上个厕所。"叶平想了半天,打破了沉默。

桑柔点了点头。

来到卫生间,叶平长长地舒了口气。

洗澡间里还有氤氲的水汽以及淡淡的香味,那种香味和桑柔身上的香味一模一样,不知道是体香还是沐浴乳的味道。这让叶平有些心猿意马。

桑柔不算特别漂亮,但是长相还算清秀,又有着南方女孩的白皙皮肤。其实叶平有时候想起来,也觉得桑柔不错,可是不知道为什么,面对桑柔的主动,他却总是闪躲拒绝。也许就像杜玉明说的一样,其实叶平是还没有准备好,他的心里应该是有桑柔的。

就像今天,如果真的对桑柔没有任何感觉,他也不至于半夜跑出来去找她。

"啊!"外面突然传来了桑柔的惊叫声。

叶平一惊,立刻跑了出去。

只见本来坐在床上的桑柔竟然摔到了床下面的角落里,蜷缩着身体,瑟瑟发抖。

"怎么了?"叶平走过去问道。

"刚才,刚才有个虫子在床上。"桑柔跟一只受伤的小猫一样,惊恐地说道。

叶平有些哭笑不得,伸手扶起了桑柔,结果没想到揪住了桑柔的浴巾,这一下将桑柔一把拉进了自己的怀里。

"你,你真讨厌。"扑到叶平怀里的桑柔两只手抱住了他,然后用力捶了两下。

"对不起,我不是故意的。"叶平这才发现他这么一拉,将桑柔的浴巾也拉开了,要不是桑柔扑过来,估计就得光着身体站在他面前了。

"叶平,我爱你。"桑柔忽然将嘴巴凑到了他的耳边,轻声说道。

叶平感觉仿佛有千万条虫子钻进他的身体里面,他怔怔地抱着桑柔,不知所措。桑柔的吻从耳边移动到了唇边,然后一寸一寸往下移动。

叶平的情欲被吊了上来,他一把将桑柔按到了床上,然后贴住了她的身体。桑柔闭上了眼睛,爱语呢喃地喊着叶平的名字。叶平的嘴唇吻到桑柔的脖子上时,他忽然愣住了。因为在桑柔的脖子上,有一个清晰猩红的牙洞。

这个牙洞和天狗他们的不太一样,但是又很像。

叶平身上所有的热情顿时被一盆冷水浇灭了。

感觉异常的桑柔睁开了眼,看着发愣的叶平问:"怎么了?"

"我去巷子里找陈正飞的时候,你遇到了什么事?"叶平问道。

13. 吸血俱乐部

赵曦的案子发生后,安城各地派出所配合公安局进行侦破工作。陆陆续续的调查反馈工作也都有了结果,可是秦树德的案子跟着发生后,让工作重点有些偏移。

高成在分配工作的时候,曾经给他的一个小师弟安排了调查赵曦私生活的工作。高成的这个小师弟名叫张一波,因为长相俊美,体形柔弱,在警校没少受到教官和同学的排挤嘲笑。毕业后,张一波被分配到了安城淇滨分局,刚到分局,因为他的体形和长相,领导一直安排他做文书的工作。一次聚会的情况下,张一波认识了高成,然后跟他说了自己的苦恼。张一波虽然体能不行,但是内心还是坚持想做一名刑警。所以,高成便在方便的时候给他一些额外的工作。张一波做得都还不错,高成甚至想等到合适的机会,利用张一波做的这些工作,把他调到自己身边,做一个助手。

这次,赵曦的案子一开始很多人在调查,后来秦树德的案子一出来,其他人都纷纷转移了目标。唯独张一波还在坚持调查赵曦。

早上的电话就是张一波打的,他发现了一些线索,想跟高成单独谈谈。

张一波所在的分局距离高成的家并不远,不过忙着案子的高成没有回家,他从局里去了和张一波约好的人民公园。

早上的公园人很多,都是锻炼身体的老人。在人工湖的休息亭,高成看到了坐在那里等候多时的张一波。

"有什么线索,找我这么急?"高成说着,坐到了张一波的对面。

"这个你看看。"张一波拿出一张名片,递给了高成。

名片上的名字叫红色俱乐部,除了一个地址和电话,没有其他文字。高成翻看了名片的后面,是一张女人红唇的图片。

"什么?色情场所?"高成问。

"赵曦出事前经常去这个地方,这个俱乐部有些奇怪,不单单是色情俱乐部。"张一波说。

"你去了?"高成忽然明白了过来。

"昨天晚上我去的。这个俱乐部在黄河路的尽头附近,因为附近没有其他场所,所以守门的人很谨慎,我也是想了好久才进去的。"张一波讲起了昨天去红色俱乐部的经历。

张一波是通过网络技术查到赵曦经常用一个马甲来红色俱乐部参加活动的。发现这个线索后,他立刻调查起这个红色俱乐部的情况。

红色俱乐部于两年前开业,因为它是私人会所,所以对外基本不营业。加上它所处的位置比较偏僻,广告几乎没做过,所以很少有人知道。

张一波找了一些之前公安局对红色俱乐部的正常查访资料,发现并没有什么不对的地方。无奈之下,他只好在网上进行一些搜索,结果还真搜到了一条信息。上面是一个网友在同城论坛发的:"谁想去红色俱乐部玩真正的刺激性游戏,可以跟我联系。"

虽然那个网友发帖子的时间过了一个多月,但是张一波还是打了个电话尝试了下,没想到对方竟然同意了。

晚上七点,张一波如约见到了那个网友。那个网友带着他去了红色俱乐部,并且跟他要了一大笔酬劳。

"收了你的钱,觉得你人也不错,想提醒你,这地方去看看就算了,千万不要长待。尤其是晚上一点以后的所有活动,一定不要参加。"收了钱的网友劝告张一波。

张一波在那个人的帮助下,进入了红色俱乐部。

沸腾的音乐,尖叫的人声,跟着节奏身体不由自主摇摆的领歌。

张一波刚坐下来,就有人过来和他搭讪,不过搭讪的都是一些男人,他们的眼神很奇怪,一个一个露着贪婪的表情。这让张一波特别不自在。

后来,红色俱乐部的老板坐到了张一波的面前。老板叫欧阳坤,面容温和,沟通起来让人特别舒服。

通过和欧阳坤的沟通,张一波知道红色俱乐部其实是一间同性恋酒吧,所以俱乐部做的广告比较少,也一直都是欢迎一些志同道合的人来这里聚会。

听老板说这里是同性恋的交流地方,整个俱乐部几乎没有女性。如果是这样,那么赵曦来这个酒吧是做什么呢?

张一波的到来,显然让其他人认为他也是一个同性恋,加上本来他就长得秀气,所以很讨人喜欢。为了调查赵曦的事情,张一波找了一个男人,聊了起来。

果然,对于赵曦的马甲,那个男人知道得比较清楚。

红色俱乐部现在女人并不多,但是早期之前俱乐部女人比较多。早期的时候,红色俱乐部也不是同性恋俱乐部,而是一个和其他俱乐部一样性质的消费场地。老板欧阳坤故意让一些女人欠自己东西,然后将把柄抓到自己手里,逼迫她们去做一些不想做的事情。

有一次,欧阳坤抓住了一个女人,他用同样的办法逼迫她,但是她却死活不听,软硬不吃。让欧阳坤没想到的是这个女人背景比较硬,因为一时的错误,让欧阳坤差点丢了性命,俱乐部也一度停业。

等到红色俱乐部再次开业的时候,就变成了现在的状态。可是让人没想到的是,这样的状态比之前要好很多,生意也越来越好。

"那欧阳老板肯定有吸引人的办法了?"张一波问。

"那肯定,不过并不是所有人都能见识到欧阳老板赚钱的方法。如果想看,等到晚上一点后再去吧。"男人有意无意地拍了拍张一波的手。

张一波想起了来这之前那个网友告诫自己的话,无论如何,晚上一点后的活动不要参加。

晚上一点后,红色俱乐部究竟会有什么呢?

时间一点一滴过去,终于到了凌晨一点。

俱乐部里的灯突然灭了。

所有人都尖叫了起来。

一盏灯慢慢从舞台中央亮了起来。然后,前面的舞台上突然出现了一个戴着面具的神秘主持人。

"PARTY时间到了。"随着主持人一声喊,刚刚沉寂的舞池里顿时又热闹起来,人们都往舞台中间拥去。

音乐响了起来,舞台上走出来六个身材健硕的男人,他们都戴着面具,缓缓地走到了舞台旁边。

张一波还没有反应过来,那些身边的人已经疯狂地拥了过去,有的拉着胳膊,有的贴着身体,然后他们忽然张开嘴对舞台上的模特咬了下去。

这一幕看得张一波浑身哆嗦,毛骨悚然。

这些人是疯子还是自己看错了?张一波禁不住内心翻涌,差点吐出来。

14. 夜探太平间

桑柔坐了起来,看到一脸严肃的叶平,不知道发生了什么事。

叶平伸手轻轻触碰了一下桑柔脖子上的伤口,桑柔脸色一变,有些疼痛。她走到卫生间里看了一下,愣在了那里。

叶平敲了敲门,走了进去。

水汽氤氲的卫生间,还留有刚才沐浴露的香味。不过此刻,桑柔惊恐地看着自己脖子上的伤口,虽然她不知道那是什么,但是想起刚才将天狗他们打在地上的那个神秘人,她显然猜到,脖子上的伤口不是什么好东西。

"我去巷子里面的时候,你遇到什么人了吗?"叶平又问了一句。

"没有啊,我没有遇到什么人。"桑柔摇摇头。

"那脖子上的伤口是怎么来的?"叶平疑惑地看着她。

"我,我也不知道啊。"桑柔更是满脸疑惑。

叶平走了出来,穿上了衣服。

"你要走吗?"桑柔问。

"我要去一趟医院,我得确认下你脖子上的伤口和天狗他们的伤口一样不一样。"叶平说。

"可是,我一个人在这里有点害怕。"桑柔说。

"没事的,你在这里等我。我很快就回来。"叶平安慰了她一下,然后走出了房间。

已经凌晨四点多了,街上几乎没有人,偶尔有一辆出租车经过,然后快速驶向前面。叶平沿着前面的路慢慢走着。

桑柔脖子上的伤口怎么来的?桑柔说自己不知道,显然是在骗叶平。对于桑柔,叶平的心理比较复杂。之前他一直以为桑柔是一个性格温和的女孩,今天晚上的接触,让他觉得有些不舒服。尤其是桑柔和天狗们混在一起,虽然说桑柔并不情愿。

今天天狗们脖子上的锁尸红绳,让叶平想起了在档案室看到的那个寻灵计划。那个神秘人是谁?他和那个寻灵计划里的神秘人是同一个人吗?

不知不觉,叶平来到了人民医院的后门。他想起今天来拉走天狗们的120,正是人民医院的救护车。于是,直接从人民医院的后门拐进去。

后门直对着一个大铁门,左边的顶上有一盏昏暗的长明灯,右边是一条小路,直达前面的住院部。左边的大铁门挂着一把锁,旁边有一间小值班室,里面亮着灯。叶平知道,那间值班室后面就是人民医院的太平间。中间是一条甬道,如果住院部有人死了,或者救护车拉到的人死了,那么便可以直接从住院部拉到太平间。

叶平正准备抬脚向右边走去的时候,前面忽然闪出一个戴着鸭舌帽的男人。叶平本能地躲到了一边,看着那个从对面的住院部走过来,然后四处观望着,确定没有人了,他才蹑手蹑脚拐进了左边的太平间里。

这么晚了这个人怎么来太平间了?看那个人的样子,估计不是第一次,因为他很精确地打开了锁,钻了进去。

叶平心里有些好奇,不禁跟了过去。

值班室里的人早已经趴在桌子上睡着了,根本没看到有两个人进了太平间。

叶平跟着那个人来到了其中一个停尸房。

透过门缝,叶平看到那个男人走进停尸房里面,沿着旁边的停尸床看了一圈,最后在一具尸体面前停了下来,只见他从口袋里拿出一个连着塑料药瓶的针管,刺进那个尸体的手里,开始抽血。看到有些发黑的血被吸到塑料瓶子里,他的脸色浮现出了兴奋的表情,甚至忍不住伸出舌头舔舔嘴唇。

这一点让叶平有些厌恶。现在可以确定,这个男人深夜跑进太平间竟然是来偷取人血的,这自然是违法的。

很快鸭舌帽的塑料瓶子抽满了血,他把瓶子装到口袋里刚准备走,目光却落到了对面的角落里。

"既然事情做好了,为什么不出来呢?"

叶平一愣,心想是不是被对方发现了,刚准备推门进去,结果旁边却走出一个人来。原来刚才鸭舌帽发现的人不是叶平。

一个穿着黑色披风的男人从鸭舌帽对面的角落慢慢走了出来,他侧对着门,叶平看不清楚他的样子,但是可以确定这个男人正是在夜色酒吧后门袭击天狗他们的那个男人。看到这里,叶平吸了口气,心脏都要跳到嗓子眼里了。

"死人的血,多难喝,冰冷,发苦,没有味道。"黑衣人摇着头说。

"是你?"鸭舌帽愣住了。

"不错,是我。看来你不太好啊,死人的血确实不营养。"黑衣人叹了口气说道。

"不用你管。"鸭舌帽说着往前走去。

那个黑衣人纵身拦住了他:"真的不想试试活人血?"

"你走开。"鸭舌帽说着想一把推开他,但是却被黑衣人抓住了手。

透过昏暗的光线,叶平看到那个黑衣人的手竟然是白森森的骨头,上面不知道是因为肉太少贴在骨头上还是其他原因,看起来跟魔鬼的爪子一样。

"你想干什么?"鸭舌帽问道。

"我们曾经是最好的朋友,你不要这么对我。"黑衣人说。

"从你做出选择那天开始,我们就已经不是朋友了。"鸭舌帽说道。

"就算不是朋友,我们也应该一起面对我们共同的敌人。难道你就希望自己这么卑微地活着吗?"黑衣人语气有些颤抖。

"卑微?活着已经是我最大的满足。"鸭舌帽说着用力挣脱掉黑衣人的手,往前走去。

"我找到转世神童了。"突然,身后的黑衣人说话了。

鸭舌帽一下子停住了脚步,身体微微有些颤抖:"不,那只是一个传说。你不要再骗我了。"

"是真的,我不会骗你。"黑衣人说道。

"就算找到又如何,这个世界已经不属于我们了。二十多年前,我们就已经死了,现在又何必再出现。"鸭舌帽惨然一笑,然后压低了帽子,向门边走来。

叶平立刻闪身,侧立到旁边的门后面。

鸭舌帽离开了太平间,叶平犹豫着是不是要再看看里面的黑衣人时,前面传来一个嘈杂的声音,还有女人的哭声。他偷偷一看,原来是医院送来了一具尸体。推着铁车的人竟然是在巷子里见到的那个法医,旁边哭泣的是一个女人。

车子推进太平间后,那个法医对女人摆了摆手,女人站在门口抽泣了一阵子,然后默默离开了。

叶平还想继续偷看,结果一只手揪住了他的耳朵,用力将他拉向了一边。"年纪轻轻的,不学好,在这里干什么?"

叶平回头一看,一个老头怒视着自己,他这才看见旁边的值班室门开了。看来是刚才女人的哭泣惊动了值班室的老头,老头正好看见叶平在门外偷看。

"我错了,我错了,大爷,我这就走。"叶平一边说着一边往后退着,瞅准机会,挣脱掉老头的手,快速向前跑去。

15. 异味癖患者

仿佛是美剧里面的丧尸片情节,十几个人围着一个人撕咬着,伤口流出的血对于他们来说是无上的美味。

张一波彻底惊呆了,他没想到那个人说的俱乐部一点后的节目是这样的疯狂。这简直让人无法接受。可是冲到台上的那些人却格外享受,甚至那几个被围着撕咬的模特还发出快乐的呻吟。

和张一波一样第一次见到这种节目的人还有几个,也有一些想尝试却又没有办法说服自己的人,大家都站在舞台下面,或惊奇或羡慕地看着台上的这一幕。

俱乐部里的服务员和老客人早已经习惯了这一切,主持人甚至在一边给那些没有上去的人打气鼓励。

几分钟的疯狂过去后,那几个模特身上已经伤痕累累,浑身是血。他们站起来,依然微笑着,退回了后台。

那些疯狂饱食了的人们,一脸满足地退到了自己的位置上。

张一波没有再待下去,趁着有人离开,他走出了俱乐部。

高成听完张一波说完这些,半天没有反应过来。最近他遇到的诡异事情实在太多了,先是师父带他见到的苏小梅,现在又听到张一波说这种事情。

"不过其实这些也很正常。我回来后专门查了一下资料。在国外很多这样的聚会,好像有一种病人叫异味癖患者,他们对于正常的味道没有办法体会,偏好一些奇怪的味道。像日本之前推行的黑暗料理,据说就是异味癖患者发明的。红色俱乐部里的这些人,估计就是喜欢血的味道。在国外,还有专门的吸血鬼酒吧,里面的人都觉得自己是吸血鬼,喝的东西都是血浆调成的饮品。"张一波看到高成一脸发蒙,于是给他解释了一下。

"那如果这里面真的有吸血鬼存在,估计其他人也看不出来吧。"高成说道。

"不能吧,这世上说是有吸血鬼,谁见过啊。要是真有,那还不是爆炸性新闻?早被有钱人抓起来展览了。哈哈。"张一波笑了起来。

"做得不错,至少我们知道赵曦她竟然有这种爱好。"高成对于张一波这个调查线索很满意。

"其实这个线索并没有找齐。主要是上次太匆忙,我没准备好。我喊你来是想让你陪我再去一次红色俱乐部。"张一波说。

"再去一次?"高成愣住了。

"我找了一个朋友,他之前是这个俱乐部的老客户,正好可以帮我们查一下赵曦的事情。"张一波说道。

"行,没问题。晚上我陪你去。"高成答应了他的要求。

和张一波分开后,高成回到了局里。正好碰上法医部的人急匆匆地出来,高成拉住其中一个问了一下,原来是丁小柔来了。

"高队,一起去看看吧。"那个人说着拉着高成一起往前走去。

丁小柔,省厅最神秘的法医。据说有一张可以迷倒女人的脸,认识他的人都觉得他跟林志颖有一拼,有着冻龄功能,虽然已经年近四十,但却看起来跟二十多岁的小伙子一样。最主要的是,他是省厅最早的一批法医,曾经在国外留学。可以说是法医界的传奇人物。

高成对法医神人并不关心,也不迷恋。不过他倒是挺好奇之前和丁小柔搭档的一名刑警,陆轩。不过陆轩失踪好多年,在警界留下来的也不过是他的一些破案传说。

会议室里,局长任重正和一个男人坐在一起说着什么。看到法医部的人都进来了,任重站了起来,向大家介绍了一下:"大家都来了,正好认识认识,这是省厅的丁法医。"

高成往前凑了凑,看清了丁小柔的样子。

的确,丁小柔看起来根本不像四十岁的人,但是又有着二十多岁男人没有的成熟与稳重。他微笑看着每一个人,眼神里带着一丝刚毅,不卑不亢。

法医部的人关心的更多的是法医上的一些问题,面对大家的提问,丁小柔一一作答,同时提出了一些自己的看法与解决办法。

"丁老师,你这次来安城是不是因为最近这里发生的连环凶杀案啊?"有人问到了高成关心的问题上。

"不错,安城发生的这起连环案,跟我之前追踪的一个案子比较像,所以我过来了解下情况,也希望大家多多配合我的工作。"丁小柔点点头说。

"这个工作高队长最熟悉了,小高,快,快过来。"任重看到高成站在后面,于是冲着他招了招手。

高成走了过去,冲着丁小柔点了点头。

接下来,丁小柔问了高成一些关于连环凶案的问题,都是一些不痛不痒的问题。这让高成有些怀疑丁小柔到底想做什么。

"你相信僵尸吗?或者说吸血鬼吗?"丁小柔突然问了他一个问题。

"像林正英那样的僵尸道长吗?"高成笑了起来。

"僵尸可能只是传说,包括国外的吸血鬼,不是一度被医学家说是卟啉症患者吗?然而这个世界千奇百怪,什么人都有。前几天我看新闻说有一个人以玻璃为食物,每天不吃掉几个电灯泡,都会饿得要命。医生说这是异物癖患者,好像是食道和味蕾出了问题,你说这要在古代,会不会被人认为是妖怪呢?"丁小柔笑着说。

高成没有说话,愣在了那里。

"我很早就在国外留学,对于迷信从来不信。不过有些事不一定是迷信造成的。作为一名法医,我更讲究事实依据,但是有时候我们遇到的事实不一定真的就是事实。就像你们刑警,总是以证据为中心,可是有时候证据也会有伪证,甚至有意外,有巧合,对吗?"丁小柔说着,目光望着远方,似乎在感叹什么。

"从法医角度,你说得很对,但是从刑警的角度,我认为无论什么原因,有人遇害了,我们就要找到凶手。即使凶手是我们不能够掌控的意外和巧合,至少我们要给受害者一个交代。"高成说道。

"你很像我一个老朋友,他也是这么固执。不过好像警察都是这样吧?"丁小柔笑了起来。

高成努了努嘴,想问是谁?最终却没有说出口。

16. 坚持者

夜,无声。

他坐在桥边,月光洒落在河面上,泛起层层粼光。

仿佛又回到了那个晚上,一切那么熟悉却又遥远。

命运,带着让人始料不及的选择汹涌而来。

那个选择,让他赔上了未来,包括深爱的女人的未来。

"呼",他喘了口气,心口传来一阵隐痛。每天晚上的这个时候,他都要遭受这个痛苦,这是代价。

几天前,他在一个深夜影院看了一个电影。一个为了给族人争取公平的男人,不惜将身体和灵魂献给魔鬼,最终将自己变得不人不妖,连妻子和儿子都离他而去,他成了一代枭雄,成了万万人中的魔鬼,却失去了最初的爱情和幸福。

他是德古拉,西方传说中的吸血鬼始祖。

二十多年了。

每个夜晚都是如此漆黑,蝙蝠在山洞里徘徊,猫头鹰在树上鸣叫。他只能孤零零的一个人,看着这无边的黑暗一层叠过一层,永不超生。

"哒哒哒",脚步声从后面传了过来,缓慢而又稳重。

他站起来,转过了身。

看到来人,他愣住了。

"好久不见。"来人是一个四五十岁的中年人,穿着一件普通外套,说话温和,一如当年。

"你回来了?"他的声音微微颤抖,带着欣喜。

"我回来了。"那人点点头说。

"你看看你,已经老了。而我,一直这样。"

"有什么区别,不过都是一副麻木的躯壳,面对的都是一样的烦恼。"那人说道。

两个人没有再说话,并排站在河边,望着前面,仿佛在共同思考着什么问题。

夜风吹在他们身上,呼呼作响。

不知道过了多久,那人说话了:"最近的案子,是你做的吗?"

"不,我没做。"他说。

"你调查了吗?"那人又问。

"我调查了,不是我们做的。"他说。

"看来这城市来了不速之客。"那人说着从口袋里取出一个烟袋,塞进了嘴里。

"啪",他拿出打火机想要给那人点,却被拒绝了。

"已经戒烟了,只是偶尔怀念一下这种感觉。"那人说着深吸了一口,烟袋里空荡荡的,什么都没有,老人仿佛在抽最美妙的烟草。

"您见过他们了吗?"他小心翼翼地问。

"见了杜发,其余的还没见到。"那人说。

"追查了这么久,找到幕后主使人了吗?"他问。

"有线索了。不过即使现在找到他,他可能也已经快死了。"那人叹了口气。

"那我也要找到他,就算死了,也要将他从坟墓里挖出来。他死了,他的罪恶要让他的儿孙来偿还。"

"你的恨意还是那么强烈。"那人摇摇头,从口袋里拿出一张纸,"我刚知道,当年的计划里,组织上除了派我们去吴家村,还组织了另一队去那里。他们中间有警察,有法医,还有一个组织核心人员。"

"他们还派人去了吴家村?那么找到什么了吗?"他的情绪顿时激动起来,颤声问道。

"不知道,我知道的只有这些。也许他们跟你们一样也遭遇了袭击,也许他们什么都没找到。又或者他们知道了整个吴家村的秘密,被组织雪藏起来。"

"就像田奎那样吗?"他冷哼一声。

"田奎尽力了,他为了你们也算是付出了一生的时间。"那人说道。

"我看他是为了苏小梅。"他忍不住说了一句。

"人活着,总是有个念想的。"那人的语气忽然有些忧伤。

"我前天晚上遇到几个人,没忍住出手了。其中有个男孩比较奇怪,很像传说中的转世神童。"他想起了另外一件事。

"重生神童?那不过是一个奢望的传说而已。"那人摇了摇头。

"也许是……"他还想说什么,那人却摆了摆手。

"我得走了,最近城市里接连发生吸血案。你要小心点,尤其是你经常去的那个地方先别去了,最近避避风头吧。"那人说完,转身向前走去。

他没有说话,盯着桥下的河水,忽然纵身一跃,跳了下去,身体就要接近河面的时候,他的两只脚瞬间勾住了桥上缝隙,像一只倒垂的蝙蝠一样挂在那里。

河水里映出他的样子,两只白森森的大牙从嘴角里凸出来,目露凶光,看起来仿佛是从地狱里爬出来的恶魔。

"这不是我的样子。"他盯着水里面自己的样子,嘴唇颤抖着,喃喃说道。

"当当","当当"。

对面传来了巨大的钟声,远远望去,可以看见上面的钟表时针和分针重合的画面。

又是新的一天了,他身体微微一抬,从桥下面重新回到了桥上面。

世界仿佛又剩下他一个人,他缓缓伸出手,手上是一个照片扣,轻轻一按,露出了里面的照片,那是一个青春单纯的女孩,短发,微笑着。

那个晚上仿佛又来到了他的眼前,女孩将他推到了门外,然后用力锁住门。唯一留给他的是女孩的惊恐声与里面神秘的嚎叫声。

他用力撞击、拍打着门,可惜门纹丝不动。

一切声音在那一瞬间消失了。

天地万物仿佛都躲了起来,连呼吸声都被屏住。

他又撞了一下门,门"吱"的一声开了。

他看到女孩的身体陷入地面,两只手正在用力抓着旁边的凳子。

他冲了过去,可惜还没有等他抓住女孩的手,女孩已经被拉到了地下。

最后的画面,是女孩的两只手无力的抗争。

每次想到这里,他的身体都会莫名地颤抖,他总是想,如果当时自己早进去几秒,也许能够拉住女孩的手,也许结局就不是这样。

可是,命运从来不给第二次选择的机会。

他能做的,只是把握好自己,用自己的力量,找到那个始作俑者。二十多年的心愿,他从来没有放弃,哪怕是别人已经选择了放弃,他仍然在坚持……

17. 地下法则

零点。

过去一天和新的一天的分界点。

黑暗中的人们想尽办法甩开白天的烦恼,在第二天来临之前,用尽全力,给自己一个新的感觉。

"甩掉烦恼,无所不惧。"

这是红色俱乐部的口号,贴在俱乐部的墙壁上,卫生间的小便器上,甚至印在服务生的制服上。

高成和张一波在红色俱乐部门口见到了沈浩峰,他是张一波说的那个朋友,也是以前红色俱乐部的老客户。

沈浩峰是一个健身教练,长相俊美,皮肤是健康的古铜色,加上一身肌肉,绝对是吸引女人的最佳神器。

沈浩峰说早期他经常来红色俱乐部,主要是因为以前喜欢的一个女孩在这里上班。后来女孩离开这里后,沈浩峰也来得少了。不过之前这里的老板欧阳坤联系过他,问他做不做特色模特。

欧阳坤说的特色模特就是舞台上供那些异味癖患者撕咬的模特,他们的价格是根据伤口算,一个伤口一百块,所以伤口越多赚得越多。但是能够接受这种方式的模特并不多,毕竟每次被撕咬后,需要好几天才能恢复伤口,所以在这里上班的模特很多,基本上一天换一波。有时候,那些异味癖患者把持不住尺度,将模特咬得太狠,甚至还曾经将一个模特的动脉血管咬断。这些风险都很大,欧阳坤只是一个暴发户,所以沈浩峰总觉得他的背后应该还有一个人,或者说一个更大的后台。

三个人简单分配了下工作,沈浩峰帮忙问一下和赵曦熟悉的人,然后高成和张一波负责询问调查。

时间还不到一点,所以红色俱乐部里的营业还是正常酒吧营业。沈浩峰走到前台找服务生聊了几句,然后端着两杯酒走了过来。

"前面那个穿红衣服的女孩跟赵曦之前特别熟,你们可以问她。"沈浩峰眼神示意了一下前方。

高成看了一眼,那是一个穿着红色吊带裙的女孩,妆容化得有些夸张,正和一个五十多岁的男人在说着什么,两人时不时露出暧昧的笑容。

"看我的。"张一波甩了甩头发,端起酒走了过去。

几分钟后,那个女孩跟着张一波走了过来。

"这是莉莉,这是我老板高先生。"张一波介绍了一下。

"高老板,你好啊。"莉莉坐到了高成旁边,露出个妩媚的笑容。

高成不知道张一波和她说了什么,但是又不好直接拒绝,只好微微笑了笑。

"你们单独聊下,我们过去谈点事情。"张一波说着拉着沈浩峰站了起来。

高成一愣,想说什么,张一波和沈浩峰已经走了。

"高老板,不要紧张。我会照顾你的。"莉莉说着伸手抚摸了一下高成的手背。

这让高成特别不舒服,他慌忙推开莉莉的手,端起了酒杯。

"其实,我是想向你问一些事情。"高成喝了一口酒说。

"哦,什么事?"莉莉疑惑地看着他。

"我有个朋友你应该很熟悉,她叫赵曦。之前经常来这里,后来她出事了……。"

"对不起,我不知道。"没等高成说完,莉莉脸色一变,站了起来准备离开。

高成一下子拉住了她,"你是赵曦最好的朋友,你为什么不帮她?"

"我不知道,我没有不帮她。"莉莉摇着头,眼里闪过一丝恐惧,时不时往后面望去。

高成回头看了一眼,发现在吧台后面站着一个男人,满脸阴沉地看着他们。

"来,陪我喝酒。"高成一把搂住了莉莉,将她重新拉到座位上。

"带我上二楼。"莉莉坐下来的时候,顺势在高成的耳边说道。

高成愣了愣,马上明白了过来。他冲着前面吧台坐着的张一波挥了挥手,然后拉着莉莉向前面楼梯走去。

二楼是陪酒女带客人来的地方,一般来说除非是特别熟悉的客户,或者陪酒女熟悉的客户,俱乐部才会让他们上去。当然客人需要支付一大笔费用。

高成在莉莉的带领下,上了二楼,穿过一道铁门,又绕来绕去地拐了几个走廊,最后进了一个房间。

关上门,莉莉拉着高成坐到了床边帮他脱衣服。

高成一把抓住了她的手:"你要做什么?"

"嘘,"莉莉指了指门外,示意外面有人偷听。

高成只好脱掉上衣,陪着莉莉躺到了床上。

这时候,床头忽然响起了轻轻的音乐声。高成这才看见,原来床头上面有一个微型喇叭。

"你是赵曦什么人?"莉莉坐了起来,看着高成问。

"就是一个普通朋友。"高成说。

"不是她男人吧?"莉莉突然凑过来问。

"不是,你快跟我说下,对于赵曦的死,你知道多少?"高成问道。

"说实话,我真的不知道。不过赵曦在死前曾经跟我说过,她缺钱,可能要做特色模特。"莉莉说道。

"特色模特?"高成顿时想起了张一波说的那些供人撕咬的模特,不过那都是男模特,没听说还要女模特。

"对,你也许不知道,这里提供的一些服务都是比较特别的。老板们也希望我们能做一些特别的牺牲。我看过男性特色模特的工作,太恐怖了,不过女的特色模特工作好像是只给 VIP 客户提供。"莉莉说道。

听到这里,高成心里不禁有些震惊。他没想到这红色俱乐部竟然还有专门为 VIP 客户提供的特色模特,如果是这样的话,那么赵曦的死很有可能和这个有关系。

接下来,高成和莉莉又聊了一下其他。从莉莉嘴里,高成知道赵曦本来是一个好女孩,因为被男朋友欺骗才开始堕落,到后来又被别人引诱吸毒,然后彻底放弃了自己。赵曦生前唯一的朋友就是莉莉,有时候赵曦喝多了会和莉莉说说心里话。她曾经说,她最羡慕的就是吸血鬼,可以有一颗冰冷的心,无论面对谁,都没有感情。

高成和莉莉从房间出来的时候,已经一点多了。他们从走廊里出来,准备往铁门外面出去的时候,旁边忽然跑出来一个衣不遮体的女孩,她哭喊着拉住了高成的手,向他求救。

后面跟过来两个男人,他们穿着红色俱乐部的制服,凶狠地去拉女孩。

"住手。"高成一把推开了那两个男人。

"别管闲事,我们快走吧。"莉莉拉了拉高成。

"走吧。"那两个男人看了高成一眼,可能是碍于他是客人,说了一句。

"你要跟我们一起走吗?"高成问了一下那个女孩。

"嗯嗯,带我走。"女孩连连点头。

"好,那我们走。"高成说着拉着女孩向外面走去。

"站住。"这时候,后面又走出来三个人,为首的是一个穿着白西装,头发梳得一丝不乱的男人,他的身后跟着两个人,其中有一个正是刚才在楼下吧台盯着高成和莉莉的男人。

"他是老板欧阳坤,这下完了。"莉莉气急败坏地说道。

"在这个地方,还没有人能带走我的人。"欧阳坤走到高成面前说道。

高成冷笑了一声,伸手准备去拿自己的警官证。

"我知道你是警察,从你刚到这开始我就知道。你那套东西在我这不管用。这里有这里的法则,你的法则只能管白天,管不了晚上。"欧阳坤打断了高成的动作,然后他身后的两个男人走了过来,拉住女孩和莉莉,把她们推到了一边。

18. 求　　救

叶平回到了和桑柔开房的那个宾馆。

打开门,房间里却没有人。

床头的灯亮着,旁边还放着桑柔的衣服以及之前脱下来的浴巾。

"桑柔。"叶平喊了一下。

房间里空荡荡的,没有任何声音。

奇怪,房间就这么大,卫生间也没有人,桑柔会去哪里呢?叶平皱着眉头,扫视着前面的每一个角落。

"呼",身后忽然传来一阵轻微的喘息声。

门后面。叶平忽然想到了一个地方,他一转身,结果正好看到身后的桑柔扑了上来。

桑柔只穿着内衣,浑身发烫,她头发披散着,嘴里不停地喘着气,眼睛发红,瞳孔里面似乎布满了血丝,两只手不停地颤抖着,半张着嘴巴,牙齿上下打颤,仿佛一个要吃人的怪兽。

"你怎么了?"叶平一下子抓住了桑柔的两只手,看着桑柔的样子,顿时呆住了。

桑柔不说话,只是喘息声越来越大,最后变成了类似野兽一样的嘶吼,她的上下排牙齿撞击个不停,嘴里的热气也一层一层冲到叶平的脸上,显得诡异无比。

叶平用力将桑柔推到了地上,然后两条腿按住她的两条腿,将她固定在地面上。这时候,叶平看到桑柔脖子上的两个伤口比起之前更加猩红,并且往外面渗着血丝。

桑柔像一只困兽,在被叶平按住无法动弹后,终于平息了下来,最后喘息声也停了下来,仿佛睡着了一样,一动不动。

叶平将桑柔抱起来,然后帮她穿上衣服。

拉开窗帘,天已经大亮。

桑柔的这个样子,叶平见过。

十年前的一个晚上,叶平在屋里睡觉。半夜的时候,他被一阵奇怪的喘气声惊醒。于是,他下床来到了父亲的房间门口,透过门口,他看到一个女人就像桑柔一样在痛苦地嘶吼着,父亲则用两条腿按着那个女人,一直到那个女人声音小下来,最后昏睡过去。

叶平推开门走进去,却被父亲大声骂了出来。

叶平曾经和其他人说过这件事,但是都被其他人玩笑着警告。在他们眼里,年近四十却孤身一人的父亲和一个女人在房间里,加上叶平的描述,能做什么事?那时候叶平对于男女之事并不懂,后来才了解,那天晚上,父亲和那个女人在做的事情绝对不是什么男女之事,因为那个女人的样子,就像一只狰狞的野兽,嘴巴张着,牙齿不停地咬合着。

桑柔的样子像极了那个女人。

可是,叶平知道,父亲不愿意让别人知道那件事。因为过了几年,家里来了几批人询问叶平关于父亲和女人的那件事。他们中间有警察,有记者,还有一些看不出身份的人,但是叶平看得出来那些不过是他们掩饰自己的标签。那时候的叶平已经懂得把事情藏到心里,他没有对询问的人说实话。再后来,父亲就离开了家,去了明安精神研究院,成了一个精神病人。可是,叶平知道,父亲没有病,他是在躲避那些人。

不知道过了多久,桑柔醒了过来。她显然不知道自己的身体发生了什么。她揉了揉惺忪的眼,看到旁边坐着的叶平,问道:"你什么时候回来的?"

叶平站起来坐到了床上,凝视着她问:"桑柔,你脖子上的伤口到底是怎么来的?这很重要,无论是什么原因,你都得告诉我。"

桑柔脸色一变,慌忙伸手摸了摸脖子上的伤口,颤声说道:"我,我怎么了?"

"这个伤口是被什么人咬的吗?"叶平问道。

"是,是的。"桑柔点了点头,低声说道,"之前我在网上遇到一个女人,她说有办法可以让不喜欢自己的人喜欢自己,于是我就去找她了。结果她却在我脖子上咬了一下,然后说过几天等到有反应了再去找她。我以为遇到变态了,也没当回事。"

叶平皱紧了眉头,"这你也信?"

"我,我也没办法。叶平,我太喜欢你了,当时用尽了任何办法,你都不理我。我也是不知道当时怎么了。"桑柔说着抱住了叶平。

"好了,你收拾下,跟我去个地方。我们得处理下这个伤口,否则不知道会怎样。我在外面等你。"叶平轻轻推开了她。

叶平站在走廊的窗户边,望着外面。正是天快破晓之前,新月在愁云间穿梭,干冷的夜风从北方吹过来,夹杂着几粒黄沙,落到枯萎的地面上。

叶平的面前出现了一个画面:脚下仿佛是丛生的蔓草和泥土,不时有突兀的灌木将路挡住,还有残存半截的篱墙,露出砖瓦的孤坟,直升天际的倔强枯树。

一只手从土地里面伸出来,指甲渗着血,用力地往外扒着,最后却无力地瘫倒在那里,不再动弹。

"叶平。"桑柔的喊声将他从恐怖的画面里拉了出来。

他转过了头,桑柔已经收拾好了。两人一起向楼下走去。

从宾馆出来的时候,天已经蒙蒙亮了。街上小贩们开始叫喊起来,路边早餐摊的人也多了起来,整个城市开始了一天的喧嚣与繁忙。

安城的第一班35路公交车,除了桑柔和叶平外,只有两个乘客。整个公交车里显得有些空荡,除了前面电子屏上的广告,再没有其他声音。

桑柔不知道叶平要带她去哪里,她几次想问,但是看到叶平望着车窗外,似乎并不太想说话。

35路公交车开进市里几个大站,人也渐渐多起来,车里也热闹了很多。大概过了十几站,叶平忽然对桑柔说下一站下车,然后自己先提前走到了门口。

从车上下来,桑柔看到前面不远处有一片热闹的居民区,想来这就是叶平的家。叶平也没说话,径直向前走着。旁边有些人认识叶平,给他打招呼,他也是笑笑不语。

叶平在里面一个单元楼前停下来,然后看了一下四周,带着桑柔走了上去。

开门的是一个老人,看到叶平身后的桑柔,他皱了皱眉头。

走进房间,桑柔发现客厅中间挂了很多叶平之前的奖状,还有一些叶平小时候的照片。她忽然有些害羞,原来刚才那个老人是叶平的父亲,早知道是来叶平家里,她至少应该收拾收拾,又或者买一些东西。

叶平和父亲在隔壁卧室说话,声音时高时低,最后竟然吵了起来。

"你看都没看就拒绝,这算什么事?"叶平的声音又急又响。

"不用看,如果是我,我不会看,不是,更不会看。"叶平的父亲说道。

"那当初你为什么帮那个女人?你既然不看,为什么不从一开始就不看呢?"叶平说。

"那个女人不是……"

"你还想骗我到什么时候,我现在已经大了。昨天晚上我和外面那女孩在宾馆呆了一晚上,我什么都懂的。"叶平说道。

叶平的父亲沉默了。

站在客厅的桑柔有些尴尬,她不知道该坐还是站。正当她犹豫着要不要告辞的时候,卧室的门开了。叶平的父亲从里面走了出来,叶平跟在他身后,脸上阴晴不定。

"你们跟我来。"叶平的父亲看了他们一眼,向客厅右边的次卧走去。

"没事。"叶平拉住了她的手。

桑柔不知道发生了什么事,怯生生地跟着叶平,走了过去。

19. 白与黑

高成将莉莉拉到了身体后面,从腰间取出了佩枪。

欧阳坤冷笑着,对于高成的动作他没有说话。旁边的两个男人也没有因为高成拿出了佩枪而惧怕,相反往前面靠得更紧。

"怎么了?怎么了?"沈浩峰忽然从前面跑了过来,看到这一幕,立刻走到了他们中间。

"你?"欧阳坤看到沈浩峰,皱了皱眉头。

"欧阳老板,这都是自己人,别伤了和气。"沈浩峰说着想要推开高成面前的两个男人,但是他们却纹丝不动。

"你什么时候跟警察混一起了?"欧阳坤冷哼一声问道。

"警察怎么了?欧阳坤,今天我就让你知道知道,这世界没有什么白天黑夜法则,所有的一切都由法律说了算。我怀疑你涉嫌一起命案,现在需要你协助调查。你是不是要阻碍调查?"高成拉开了佩枪的保险栓。

高成的气势让站在他面前的那个男人有点退缩了,但是碍于欧阳坤,他们又不好退下来,于是形成了高成和欧阳坤中间被两个男人隔着的局面。

"高队长,要不算了吧。你看需要什么,让欧阳老板配合下就行了。"沈浩峰又转头开始游说高成。

"我说过,今天我要让这里的人知道知道什么是规则。"高成铁了心要对付欧阳坤,拿出枪,对着天花板开了两枪。

子弹将天花板上的吊灯打了下来,落在地上。莉莉和那个女孩吓了一跳,蹲到了地上,隔在中间的两个男人也闪到了一边。只有欧阳坤还没有动,眼神阴谲地看着高成。

"按照规定,警告是三枪,但是有时候,也可以是两枪。"高成说着将枪口对准了欧阳坤。

"你难为他有什么用?"忽然,走廊后面的房间里走出来一个人,他穿着一件黑色的风衣,戴着一个黑色的口罩,整个人看起来就像是蜷缩在衣服里面一样。他慢吞吞地走到欧阳坤面前,将他拉到了后面。

高成只能看到黑衣人的眼睛,闪着鹰一样的尖锐光芒,他心里一动,想起了之前莉莉说的话。难道说这个就是隐藏在欧阳坤后面的大人物?

"不就是一个女人吗?让她走不就得了,"黑衣人看了看旁边那个女人,"出去后该说的说,不该说的最好别说,否则谁也不知道会发生什么事。"

"我知道了,我知道了。"那个女人一听,连连点头,然后站起来,连滚带爬地走了。

"你是什么人?这俱乐部的真正主人?"高成收起了枪。

"高队长,如果有一天你查到我涉及了某个案子,我可以回答你问题。否则,你问这些是多余的话。"黑衣人呵呵一笑。

高成没有再说什么,点了点头,转身准备离开。

"等一下。"黑衣人又说话了,"警告枪是三枪,也可以是两枪,现在还差一枪。你可以给我一枪,如何?"

"这,这不好吧。大家都谈好了,何必再伤感情。"沈浩峰在中间有些为难的说道。

"我说没事就没事,高队长,你敢吗?"黑衣人瞪了沈浩峰一眼,转头对高成说。

"你也说了,你和命案还没有关系,所以……"

"不,不,不。我不是好人,刚才那个女孩就是为我服务的,你看她的样子,多可怜。高队长,你给我一枪,我保证不会怪你。再说,这个世上,很多事情的结果都是让人难以预料的。就像欧阳老板,在这个红色俱乐部所向无敌,是人都要敬他三分,但是今天却差点栽在你高队长手里。"黑衣人摆摆手,又一次提出了要求。

"好,那我就不客气了。"高成说着重新举起了枪,对准了黑衣人。

刚刚松弛下来的气氛顿时又凝重起来,其他人都躲到了一边,欧阳坤伸手去拉黑衣人,却被他推开。

"砰",高成扣动了扣板。

黑衣人没有动,却仿佛又动了一下。

"规则往往是给守规则的人准备的。"黑衣人说话了,然后摊开右手掌,里面是一颗冒着热气的子弹。

高成愣住了。

沈浩峰更是惊呆了。

"送高队长离开吧。对了,如果高队长有什么需求,坦诚相告。"黑衣人对欧阳坤说道。

欧阳坤点了点头,然后对着高成做出了一个请的动作。

一楼正是热闹的时候,那些异味癖患者刚刚举行完盛宴,还都沉浸在刚才的兴奋中,根本没有注意到二楼的声音。高成转了一圈也没有找到张一波。沈浩峰说当时听见楼上有动静,张一波和他一起上去的,不知道为什么后来张一波不见了。

正当沈浩峰准备给张一波打电话的时候,俱乐部的门被撞开了,张一波带着十几号警察走了进来。

"音乐,给我停下来,停下来。"张一波冲着前面大声喊道。

"这小子,这次玩大了。"高成哭笑不得地说道。

音乐声停了下来,经理很快走了过来,跟张一波解释着什么,同时有人偷偷向二楼去找老板汇报。

"这些人是吸毒了吗?"有警察看到旁边沉醉的异味癖患者,不禁问道。

欧阳坤从二楼下来了,看到警察围着门口的情景,他先看了高成一眼。高成摆了摆手,做了一个无奈的表情。

"我是老板欧阳坤,请问警察先生深夜造访是什么事情?"欧阳坤走到张一波面前问。

"我们收到举报,说这里有人聚众吸毒,所以要检查一下。"张一波说道。

"哦,那你们查到了吗?"欧阳坤问。

"还没有查,怎么知道没事? 不过我看他们的样子,好像确实不正常。我看还是到局里好好审问一下才行。"旁边的一个警察对着欧阳坤说道。

高成对着张一波摇了摇头,然后示意他离开。

"算了,没事就好。"张一波拦住了后面的警察,然后摆了摆手,"走了,走了。"

"最好老实点,否则让你们吃不了兜着走。"那个警察说话很大声,将欧阳坤的面子驳得粉碎。

20. 父子情

叶平没想到家里面的次卧后面还有一道隐形门。隐形门后面是一个楼梯,从楼梯可以直接下到地下室。

地下室已经好多年没有用,推开门,散发出潮湿阴暗的气息。叶平的父亲走在最前面,然后是叶平,最后是桑柔。

叶平的父亲摸索了下,打开了地下室的灯。

叶平扫视了一眼,地下室大约二十平方米,墙壁角落放了两个柜子,里面放了很多瓶瓶罐罐,中间有一张桌子,上面放了很多试管和不知名的东西。

"好多年没有用这些东西了,有些都快忘了。"叶平的父亲说着,坐到了桌子前,拿出面前的试管开始调试什么东西。

叶平和桑柔静静看着父亲聚精会神地调试着那些试管里的东西,最后几种液体混杂成一管东西,递给了桑柔。

"喝了它,你的伤口暂时会没事。"

桑柔接过试管,轻微闻了闻,皱了皱眉头。

"良药苦口,再说这也不是什么药,只能抑制你体内的病毒暂时失去活动能力。"叶平的父亲解释了下。

桑柔没有再多想,将手里试管里的液体一口倒进了嘴里。

"这个到底是什么病毒?是僵尸咬的吗?"叶平问道。

叶平的父亲叹了口气说:"本来这件事是不想和你说的,既然你们也遇到了这事,那我就跟你们讲一下。这种病在二十多年前就出现过,当时我们称呼这种病为疯尸病。顾名思义,就是疯了的尸体。最早流出这种病的是安城山区附近一个叫吴家村的地方,一个老人在死后突然诈尸,然后袭击了给他守灵的儿女,被咬到的人十二个小时后开始攻击别人。

"这种病传播速度和伤害力太快太不好控制,所以国家安全部门成立了特别调查组,从民间抽调了一个小分队,进入吴家村。这个小分队的所有成员的血液都和医学专家研究的对抗疯尸病的血清相合。小分队一共六个人,在进入吴家村之前,他们注射了上面给的血清。可惜,六个人进入吴家村后,很快发现事情并不是他们想象的那么简单。最终六个人,只有一个人没有感染,平安活了下来。为了隐藏这段过去,上面将整个吴家村进行了封闭式清理。从那以后,疯尸病也被雪藏起来,没有人再提起它。"

"你是怎么知道这些的?"桑柔问。

"我,我就是当年进入吴家村小分队里的其中一员。"叶平的父亲笑了笑说。

这是叶平和桑柔没有想到的,他们半天都没有回过神。

"我们回来后,组织要求我们必须保密,所以关于疯尸病和吴家村的事情,我们都烂在了心里。可是,我却忘不了进入吴家村后的那几天发生的事情。尤其是疯尸病患者的痛苦,他们的样子像极了僵尸,但是却又和僵尸不一样,所以我回来后参与了对疯尸病的研究,并且陷入得很深。后来我终于发现,有一种生长在温、热带的植物可以缓解疯尸病的病情。那种花叫曼陀罗,又叫洋金花,全身都带有毒素,正因为这样,才会和疯尸病体内的病毒以毒抗毒。"叶平的父亲说着站起来,拿起了桌子上的一个瓶子,那里面有一朵枯萎的花朵,干巴巴的,看起来很普通。

"这就是曼陀罗花吗?"叶平盯着那朵花问。

"不错。我本以为这些研究永远也没办法实验,可是十年前,之前小分队的一个女孩突然上门找我求救。原来她被感染疯尸病后,并没有得到具体的医治。因为病情不重,所以一直没有麻烦别人。可是她身上的病毒越来越重。

"所以我才迫不得已帮了她。

"可是没想到,因为这违背了我和组织之间的承诺,所以我只好选择装病,离开家,住进了精神病院。"叶平的父亲说出了隐藏多年的秘密。

"那……"现在叶平知道了父亲的难处。

"你不是说了,你们两个人关系匪浅。既然是你选择的,我肯定会支持你。只要你们能好好的,我就算再住几十年精神病院,也没关系。"叶平的父亲一脸慈祥地看着叶平和桑柔。

"叔叔。"桑柔的眼泪流了出来,不知道该说什么。

"什么也别说了。曼陀罗的毒素只能暂时控制病毒,真正能够治疗疯尸病的东西还是需要那个传染给你的人的血清,所以你们要找到那个咬你的人,最好能拿到她的血清。"叶平的父亲说道。

"放心,我一定会帮你找到她的。我先送你回学校吧,有什么事,我会再找你。"叶平看着桑柔说道。

桑柔点了点头,眼里全是幸福。

回到学校后,叶平回宿舍拿了点东西,然后回家了。在路上,想起父亲说的事情,他心里有些酸楚和愧疚。之前他一直以为父亲只是因为和那个女人的事情假装发疯去了精神病医院的,但是他没想到父亲的背后还有这样的故事。尤其是父亲听说桑柔和自己在外面开房后,他便不顾一切帮助桑柔。

想到这里,叶平暗暗发誓,从今以后,不管发生什么事情,他都要和父亲一起面对。

下了公交车,走到小区门口。叶平看到单元楼门口围满了人,还有一辆警车停在旁边。他想进去却被警察拦住。

"真是可怜,刚从精神病院回来就出事了。"

"会不会是精神病又犯了?"

听到旁边的人窃窃私语,叶平心里咯噔了一下,他拉住旁边的警察问:"哪家出事了?"

"一楼东户。"警察说道。

轰的一下,叶平脑子像被雷炸了一样,半天没有反应过来。等他缓过劲后,一头向前面钻去。

"你干什么?"那个警察一把拉住了他。

"我要进去。"叶平想说出事的是自己家,但是却只发出了一句柔弱的声音。

"怎么了?"这时候,一个男人从外面走了进来,他戴着一个警官证,问道。

"他要进入现场。"那个警察说。

叶平抬起头才发现,眼前这个男人竟然是他前天在档案局见到的那个警察,好像叫高成,是田奎的朋友。

"是你啊,怎么了? 认识出事的人?"高成问。

"是我……我父亲。"叶平说着眼泪夺眶而出。

那个拦着他的警察一听,立刻松开了手。

"走,跟我上去看看是什么情况。"高成说着拉住叶平的手,向上面走去。

21. 旧日噩梦

微弱的月光照射在坑坑洼洼的路上,山成为一个模糊的大黑影,山里传出一些不知名的怪鸟阴森森的古怪叫声。

月光下,一棵巨大的古槐树,满脸怒容地盯着靠近它的人。长长的杂草紧紧抱着槐树的根部,杂乱,繁茂,像是一张张死乞烂缠的脸。大树上有参差不齐、新旧不等的白布条,其实已经不能称为白布条。这些布条大概经历了诸多风雨诸多岁月的侵蚀,早已经破烂不堪,颜色尽褪,但是却给这棵孤单的古槐树增添了几分苍凉和诡异。它们在风中低垂着身体,风一吹,飘飘荡荡,犹如穿着灰袍没有骨头的人。

大树下面有一座石碑,上面刻着三个大字,浇灌着红色的漆——吴家村。

苏小梅惊恐的看着四周,她快速地走着,一边走一边给自己打气。昏暗的夜色下,村庄里一片死寂,没有任何声音,仿佛一座无人村。

村子里的房子都是低墙高门的结构,每家门口墙壁上面都填着一块凸出来的青砖,上面刻着一行字——泰山石敢当。

小时候,苏小梅听老人说过,墙壁上填上泰山石敢当,可以辟邪挡煞,不过都是在三岔口或者十字路口。像这种家家户户都填着的情况,她还是第一次见到。那是有多少东西要挡啊。

村子的西口是祠堂,祠堂的门开了一条缝,有灯光从里面透出来。

苏小梅推开了祠堂的门,走了进去。

祠堂很大,足足有七八十平方米,但是除了一张放着灵位的桌子外,其余空地都放着棺材。黑红色的棺材整整齐齐地在地面上摆着,足足有五六十口。放着灵位的桌子上点了四根又粗又长的白蜡烛,将上面的灵位映衬得鬼魅阴森。

苏小梅强迫自己不去想象棺材后面的恐怖。她沿着中间的路向里面走去,这些密密麻麻的棺材并不是新的,有的甚至都要散了架,有的盖子上破了洞。苏小梅不敢将眼光向那些洞看去,她生怕里面也会有一双神秘而诡异的眼睛。

她一边走着,心里却不自觉地开始数起了棺材。

一、二、三……

风从祠堂门缝里吹进来,虽然小却是渗入骨髓的凉。

一共五十九口棺材。

其中最里面的一口棺材盖子半盖着,露出了里面的情景。里面躺着一个人,是一个女孩,只能看到她露出来的衣服。

苏小梅伸手推了推上面的盖子,本来想将盖子盖住,结果手一抖,那个盖子却从棺材上面滑了下去,这下棺材里面的人彻底出现在了苏小梅的面前。

看到里面的人,苏小梅顿时拉长了嘴巴,浑身哆嗦,觉得毛骨悚然。

棺材里躺着的人竟然是苏小梅自己。

苏小梅睁开眼,噩梦结束了。

她坐了起来,擦了擦额头上的汗,想起刚才的噩梦,她还是有些心有余悸。

床头钟的时间是凌晨一点多,对于她来说,时间只不过是一个数字。未来,更是一个未知数。

苏小梅走到卫生间洗了洗脸,看到镜子里的头发有些乱,她拿梳子整理了一下。让她意外的是,梳子竟然梳断了头发。

她愣住了,快速将自己的头发撩起来,轻轻一揉,头发就掉下来一部分。

苏小梅不敢相信眼前的一切,她"啪"的一下将梳子放到桌子上,然后以最快的速度收拾好自己,走出了家门。

深夜的街头,只有路灯散发着苍白的光芒。

田奎赶到的时候,苏小梅已经在肯德基里面坐了一个小时。对于深夜出现的客人,肯德基的服务员习以为常,不过像田奎这么大年纪深夜还跑出来,倒是有些奇怪。

苏小梅端着一杯热咖啡,身体微微有些发抖。

"到底发生什么事了?"田奎知道苏小梅从来不需要用热咖啡来温暖自己,她的身体也从来都没有温度的。正常人体发生新陈代谢会产生温度,然后通过新陈代谢生长。疯尸病病毒却是抑制人体新陈代谢功能,所以苏小梅他们身上都是没有温度的。

苏小梅放下咖啡,从自己头上轻轻搓了搓,一缕头发被她搓了下来,放到了桌子上。

"怎么头发这么容易掉?"田奎愣住了。

"难道说二十多年前的诅咒真的要灵验了?"苏小梅颤巍巍地看着田奎。

田奎的眼神黯淡了下去,嘴里轻轻安慰她:"不会的,那只是一个传说。不是真的。"

"没关系的,就算是真的也无所谓。反正这样活着,还不如死了。"苏小梅笑了笑说。

"其他人呢?"田奎忽然想了起来。

"不知道,不过既然我身体已经有了变化,其他人应该也会一样。毕竟当时我们是一起感染的。"苏小梅说。

"先不要着急,等天亮了,我去组织上再问一下情况,你也问问其他人。都已经等了二十多年,也不差这几天。"田奎说。

"是啊,等了二十多年,还真是快啊。"苏小梅抬头望了望窗外,感叹了一句。

这么些年,田奎待在档案局,利用各种方便查看资料,为的就是能够找到办法。可惜,关于疯尸病的资料,几乎没有任何记录。

当初的那个计划,因为没有成功,所以负责组织的部门早已经将它擦掉。如果不是这些人,可能那个计划真的就跟没有发生过一样。

田奎是当初带着六个人去吴家村的人,除了他,其他人几乎都感染了疯尸病。张若婷和雷良,更是从吴家村失踪,没有任何音信。虽然大家已经做好了牺牲的准备,但是真的出了事,谁都是比较难受的。尤其是给张若婷和雷良家里人交接的时候,两方父母的痛哭与悲伤让田奎发誓要找到他们。

可是,很多事情不是他能决定的。

为了寻找张若婷和雷良,组织上说是又派出了一个小分队,可惜也以失败告终。然后组织上进行了对吴家村彻底清理的计划,将疯尸病和那些带有隐患的东西全部消灭。

从此以后,吴家村从地图上消失了。

可是,隐藏在吴家村背后的这些人却没有消失。从吴家村回来后感染了疯尸病的两个志愿者,在服用了组织上给的强力药后可以留住性命,但是却成了终日不能见到阳光的老鼠。他们都在期待组织早日研究出可以解除他们痛苦的新药,那是他们活着的唯一的希望。

田奎没有告诉他们,二十年前服用的强力药是有期限的。田奎本以为可以等到有新药出现,可是没想到这么快就开始失去了药效。

望着对面的苏小梅,她的样子依然美丽,只是因为长时间不见阳光,皮肤特别惨白,眸子里总是带着一丝忧伤。时光在她身上没有留下痕迹,却给了她另外一种伤害。这种伤害比死亡更可怕。

那就是没有未来。

虽然田奎是一个正常人,但是从二十年前那个下午开始,他的命运就已经和苏小梅他们纠缠在了一起。

他们在等待命运的救援。

可是,命运会来吗?

22. 缺失的记忆

死者吴波,男,五十四岁,汉族。根据现场调查,第一现场为惠民小区2号楼3单元107,也就是死者的家里。窗紧闭,现场没有打斗的痕迹,而且客厅茶几上有两个茶杯,看起来是死者和凶手认识,并且还请对方喝茶。不过凶手的茶杯里面茶水没有少,也没有留下任何信息,可能是给对方倒茶,对方怕留下痕迹,没有喝。

叶平呆坐在一边,看着警察们在家里奔波的样子,他的脑子里一片空白,眼前发生的事情让他有些措手不及。

叶平是个孤儿,他十岁之前的记忆是一片空白。最早的记忆是父亲带着他上学的情形,他曾经问过母亲的事情,但是父亲却从来不告诉他。因为这样,有时候叶平还跟父亲生气,动不动跑到外面不回家。

后来父亲因为帮那个女人看病,被逼入精神病院。那一段时间,叶平一直认为是父亲的错,所以和旁人一样误会他,在父亲进入明安精神研究院的这几年,他只过去看过他两次。

就在两个小时前,父亲还说要尽力帮他,并且告诉了他当年自己给那个女人治病的真相。好不容易,叶平觉得和父亲之间的隔阂消除了,可是父亲却被杀害了。

高成拍了拍他的肩膀,劝他节哀。叶平擦了擦眼泪,说:"有什么想问的就问吧。"

门忽然被推开了,几个穿着黑色中山服的男人走了进来,为首的一个大约四十多岁,他径直走到高成面前问:"你是这里最高负责人吗?"

高成点了点头。

"吴先生的案子转给我们了,你们不需要追查了。如果有疑问可以找你们上司询问。这是我的证件。"那个男人将一个黑色的证件递给高成。

高成愕然地看了一眼。

那个男人身后的人开始接替警察的工作。

高成下面的人不知道发生了什么事,愣愣地看着那几个人将吴波的尸体用裹尸袋装好,抬走。

"你们是什么人?要带他去哪里?"这时候,叶平走过去拦住了他们。

"你是什么人?"那个男人扫了叶平一眼。

"他是我的父亲。"叶平说。

"父亲?哼。"那个男人冷哼了一声,"他不可能有儿子,就算有,恐怕也是养子吧。你忘了他吧,包括他给你说过的任何话,任何事。我们会安排他的后事。"

叶平愣了愣,很快反应过来:"你们是,你们是,那个组织!"

"小子,记住我刚才说的话,忘记他跟你说过的事,说过的话。否则,对你没什么好处。"那个男人忽然凑到叶平身边,低声说道。

叶平呆住了,等他想起再说什么的时候,那几个人已经走了出去。

高成走到叶平身边,叹了口气说:"算了吧,你父亲的秘密恐怕你这辈子都不会知道了。好好生活吧。要是这几天去不了档案局,我替你跟田师父说下。"

叶平没有动,也没有说话。

几分钟后,房间里只剩下他一个人。

他的眼泪又落了下来,他盯着客厅中间桌子上父亲的照片,用力捶了一下桌子:"你究竟有什么秘密瞒着我?我到底是谁?"

强烈的悲痛从心底蔓延到脑子里,叶平感觉脑袋里炸开一样疼痛,仿佛有无数根针在扎着他的脑膜,他的眼前一片漆黑,整个人手脚发软,一下子栽倒在了地上。

黑夜,冷风。

前面是望不到尽头的山脉,像一条黑龙盘旋在夜幕中。一道光从远处闪过来,带着一声呜咽。

"来了,车来了!"人群中有人喊了起来。

叶平感觉到有双手抱着自己的肩,虽然看不清,但是他能感觉到那双手带来的温度,是来自母亲的气息与温度。

"呜呜呜",火车越来越近了,带着希望慢慢停了下来。

光亮处,到处都是人,他们疯狂地冲向停下来的火车。叶平被母亲的手拉着,在拥挤的人群中上了火车。

火车上温暖一片,没有了夜风的冷,更多的是人们的热情与开心。

这辆车要开向何处,没有人知道。

对面坐着一个男人,他像是经历了一场战争一样,整个人颓废不堪,衣服褴褛,手里紧紧抱着一个黑色的木盒子。身边的人看到他仿佛在看一个怪物。

叶平看着他,他看到男人眼里闪着鹰一样的光芒。

火车停停走走,身边的人换了又换。

那个男人就像一个雕塑一样,一动不动地坐在座位上。叶平心里忽然冒出个奇怪的想法,在这个想法的驱动下,他伸手摸了摸男人,冲着他露出个笑容。

男人的脸皮颤了颤,似乎想对叶平微笑,但是却做出了一个奇怪的表情。

旁边的母亲一下将叶平抱到了另一边,将他们隔离开。

叶平虽然到了另一边,但还是没有放弃对男人的好奇。他还想对男人微笑,但是却看到男人做出了一个奇怪的动作:他的身体微微颤抖,眼睛看着四周,两只手用力抱着怀里的东西,仿佛遇到了什么恐怖的事情。

很快,火车里的灯突然灭了。

耳边传来了人们的叫声,叮叮当当,仿佛有什么东西在车厢里乱窜。

叶平吓坏了,他想去拉身边的母亲,却触碰到一个冰冷的东西,那个东西在他的脖子上面一扫而过,一阵刺痛从脖子瞬间传到脑袋里面。慌乱中,叶平摸到了一双手,那是母亲的手,可惜已经没有温度。

灯亮了。

母亲的身体挡着他,已经没有了呼吸。

不但母亲,身边的其他人都躺在了地上,刚才还热火朝天的车厢,几秒钟后变成了人间地狱。

叶平哭了起来。

对面突然走过来一个人,捂住了他的嘴巴。

他看到了那个男人的眼睛。

叶平睁开了眼,回忆到此戛然而止。每次都是这样,他用尽全力回忆,到最后只能到这里。

后来呢?

那个男人是父亲,再后来的记忆便是已经和父亲生活在了安城。

他坐了起来,窗外有光透进来,墙壁上的钟表滴答滴答地走着,距离高成他们离开已经过去了三个小时。

叶平站了起来,他走到了次卧的地下室。今天早上,他和桑柔离开的时候,父亲还在地下室。那里有他的秘密,他选择向叶平公开,并且说要帮助桑柔。可不过几个小时的时间,父亲就遭到了杀害。

看着地下室里的东西,叶平的目光落到了前面的一个柜子里。那个柜子竟然有一个密码锁。

叶平蹲下身输了几个密码,但是都不对。

"我这一生就是一个数字,3598748。"忽然,叶平想起之前父亲说过的一句话,当时他问什么意思,父亲说有一天你会明白的。

于是,叶平输入了这个数字。

"啪",柜子门上的密码锁开了。

叶平看到里面有几份文件和一个黑色的日记本。他拿出来看了一眼,看到文件的名字,不禁愣住了。

《异人计划调查报告》。

这个名字很熟悉,似乎在哪里见过。

第二卷 求 生

1. 吴家村

夕阳落了下去。

吴家村陷入了昏暗的世界。

在进入吴家村后,六个人已经选好了队长,那就是雷良。

雷良是从部队里出来的,对于手枪比较熟悉。他进入吴家村的第一件事就是教他们怎么用手枪。

像聂丽丽和苏小梅这样的女文艺兵,虽然也见过枪械,但是从来没用过。

田奎说了,吴家村里有着未知的危险,他们需要谨慎面对,如果遇到生命危险,可以开枪自卫。

地图在聂丽丽手上,她对地图路线特别熟悉,可以用最快最有效率的速度穿过吴家村。

"其实我实在不明白,我们来这里的目的是什么?军队既然有枪有设备,直接开进来不就行了?"第一个提出疑问的是苏小梅。

"我也不明白,不过我知道大家的血型都是稀少类型的。"张若婷来自医疗部门,她在来之前,偷偷调查了一下每个人的医疗记录,以便应付出现紧急事件。

"好了,我这里有上级给的信件。这封信件要求我们进入吴家村后才能宣读。现在我念给大家听。"雷良从口袋里拿出一封黄皮信件,拆开,抽出了里面的信纸。

"各位同志,之所以选择在进入吴家村宣读你们这次任务,是为了避免你们的任务泄露出去。这一次我们遇到的事情要绝对保密,这关系着你们每一个人的性命,甚至家庭。

吴家村在三个月前发生了一场瘟疫,这种瘟疫主要是通过血型传播。根据我们目前得到的数据,各位同志的血型是吴家村还没有流传瘟疫的血型,所以你们这次的任务显得尤为重要,比起革命先驱更加伟大。你们只要能穿过吴家村,在吴家村的祠堂里面将我们之前派进去的人藏起来的相机带出来,任务就算完满完成。最后,祝大家平安归来。"

"闹半天,我们是小白鼠啊。"听完雷良的话,杜发说话了。

"不是说了,吴家村并没有我们几个血型的传播,说明我们应该没事。"聂丽丽说道。

"那可不好说,也许是因为吴家村里面感染瘟疫的人并没有我们几个的血型,所以才没有被传染。"张若婷否定了聂丽丽的话。

"不管怎样,我们已经签了生死文件,我们所做的一切都是为了人民群众。当初我们选择了这里,就要义无反顾。我相信我们可以战胜一切的。"雷良拍了拍手,打断了她们的话。

"是的,我们听从雷队长的安排,争取早日找到相机,离开这里。"吴波跟着说道。

大家都没有再说什么。

当初选择执行这个任务,就已经做好了牺牲的准备。更何况,前面的一切情况都是未知的。

现在想起来,吴波觉得当时的想法太过简单。

他们谁也没有想到,等待他们的是一种前所未有的恐怖。

深入吴家村之前,雷良给他们做了一下简单的行进防护知识。雷良走在最前面,后面是张若婷和苏小梅,然后是杜发,跟着的是聂丽丽,最后是吴波。如果有什么问题,六个人要迅速背靠背围成一个圆,这样可以将四周形势观察清楚,保证不会出现被袭击的情况。

聂丽丽从事的工作是地理测绘,从吴家村的地图平面图上看,全村一共有三条路,主路最顺畅,但是两边全部是住家户,现在的情况肯定无法通过,四周的隐患太多。他们第一站要去的地方是吴家村的祠堂,从地图上看,最左边的小路是最快捷的。

确定好路线后,六个人按照雷良布置的方式出发了。

此时天已经擦黑,整个吴家村黑漆漆的,月亮躲在云层里,只露出一点点头。为了安全起见,他们也不敢用手电,只能凭着微弱的月光,慢慢向吴家祠堂靠近。

吴家村里面静悄悄的,连只狗都见不着。看到第一具尸体的是苏小梅,好在她的后面是张若婷,在医院见过不少死人,一下子捂住了她的嘴巴。

那具尸体是一个农妇,死相狰狞,一眼就能看到,她的致命伤是脖子上的伤口,似乎是被什么东西咬断了筋脉一样,血肉模糊的。

越往里面走去,阴森的气息越重。路面乱七八糟的到处都是家具,还有一些残破的衣服。

吴波走在最后,他的心悬在嗓子眼,甚至连跳动一下都觉得要比平时慢几秒。他边走边看着身后,也许是太过安静的缘故,他总觉得身后有什么东西跟着他们。每当他注意力转移过去的时候,身后的东西便跟过来,可是一旦他看过去,身后的东西便迅速停下来,潜伏在黑暗中,静静地看着他们。

经过几家住户,前面的雷良看到了矗立在后面的祠堂。

这时候,吴波感觉自己的后背已经湿透了,额头上的汗水也顺着眼睛流下来,模糊了眼睛。

"没事吧?"走在吴波前面的聂丽丽看到了他的异样,拿出手帕帮他擦了擦汗水。

"没事,可能太紧张了。"吴波笑了笑。

"你可是在后面保护我们的人,不能有事。"聂丽丽也笑了起来。

吴波刚想说什么,聂丽丽脸上的笑容顿时凝住了,继而变成了一个惊恐的表情。

吴波回头一看,只见后面闪过一个黑影,迅速敏捷地钻进旁边的墙后面。

"谁?谁在哪里?"吴波脱口喊了出来。

前面的雷良停了下来,其他人也围了过来。

"怎么了?"雷良端着枪,问道。

"有个黑影在后面跟着我们。"聂丽丽惊恐不安地说道。

"是人吗?"雷良问。

"不清楚,应该是一个人,速度很快,窜进了前面那个墙后。"吴波说完,感觉刚刚被聂丽丽擦干的冷汗又冒了出来。

"走,我们先向前面走。"雷良看了看前面不远处的祠堂说道。

六个人慢慢向前走着,吴波的眼睛死死地盯着刚才黑影窜进去的墙,身后的聂丽丽扶着他,一步一步往后退着。

终于,他们来到了祠堂门口。

身后那个黑影也没有再出现。

雷良推开了祠堂的门,顺势打开了手电。

祠堂里静悄悄的,中间是一个石像,石像下面是一张供台。其他地方空荡荡的,没有任何东西。

"先进来。"雷良闪身,后面的苏小梅和张若婷走了进去,然后雷良让杜发走进祠堂,自己接替了聂丽丽的位置和吴波站在一起,紧盯着身后,最后,两人慢慢退进了祠堂里面。

吴波现在还记得,自己进入祠堂的时候,后面那个黑影又一次闪了出来,黑影对着吴波摇了摇头,似乎在劝阻他不要进去。

可是,他没有听。

2. 追悼会

窗帘被拉开了。

叶平睁开了眼,阳光照进来,有些刺眼。

他揉了揉惺忪的眼睛,想站起来,身体却碰到了旁边的啤酒瓶子,叮叮当当,啤酒瓶子撞倒在地上,发出清脆的声音。

拉开窗帘的人是桑柔。

叶平已经两天没有去学校了,桑柔因为身体不舒服,在家里呆了两天。当她知道叶平家里的事情后,第一时间跑了过来。

两天的时间,叶平像是老了十岁,神情憔悴,青色的胡茬冒了一圈。

桑柔默默地蹲下来,将地上的啤酒瓶和杂七杂八的袋子、剩余的食物收起来。

叶平坐了起来,靠着桌子,默不作声。

"我爸死了,救不了你了。"许久,叶平说话了。

桑柔没有说话,开始收拾桌子上的东西,然后是沙发上的书、衣服。

"你放心,你死了,我也不活。黄泉路上,我陪你。"叶平继续说道。

桑柔依然没有说话,茶几上放着一个文件袋,里面还有几页打印纸,外面扔了一沓,她把那一沓纸规整了一下,重新装入了文件袋。

"你这病叫疯尸病,一开始是浑身发冷,身上出现一些不规则的斑块,然后慢慢地不想吃熟热的东西,然后喜欢喝冷水,喜欢黑暗,最后失去味觉嗅觉。"叶平说着,泪水慢慢滑落下来。

桑柔低下了头,掩了掩衣服,将胸口的斑块盖住。

叶平忽然站了起来,走到了桑柔身边,拉住她,然后指着自己的脖子说:

"其实这病也没什么,可以活着,只是得像鬼一样。如果你愿意,我陪你。你在我这咬一口,就可以了。"

"叶平,没事的。"桑柔轻轻推开了叶平的手。

"我看了父亲留下来的调查笔记,二十年前,就有过这种瘟疫。只是消灭得及时,可是没想到,为什么现在又出现了?"叶平不知道该怎么说,长长地叹了口气。

"叔叔不是说过,只要找到那个咬我的人,就能得救吗?"桑柔说道。

"那只是可能得救,十年前我父亲救的那个女人,后来再没有出现过。我想她可能已经死了,又或者依然像鬼一样躲着。如果她得救了,恐怕早已经来感谢我的父亲了。"叶平说道。

"不管如何,你都要坚强起来。"桑柔说道。

这时候,叶平的手机响了起来。

叶平拿起来看了一眼,这两天的电话叶平一个都没有接。这次来电话的是高成,他犹豫了一下,接通了电话。

"晚上八点来趟殡仪馆,你父亲的追悼会。来的都是他的老同事,你作为他唯一的亲人,我觉得还是来一趟好点,送他最后一程。"高成说道。

"好。"叶平还想说什么,最终没有开口。

叶平挑了一张父亲的照片,那是父亲十年前的照片了。那时候叶平还小,父亲在后面追他,旁边有人帮他们照了这张照片。

也许是想起了父亲,叶平断断续续地和桑柔说了很多。七点多的时候,叶平和桑柔一起坐上了去殡仪馆的车。

司机也有些好奇,怎么大晚上的去殡仪馆,不过看到叶平和桑柔的表情,也不好多问。

在殡仪馆门口,叶平给高成打了个电话,然后在高成的带领下,来到了殡仪馆后面的一个小厅。

一进门,叶平看到了高成,旁边还坐着两个人,一男一女,他们都穿着黑色的连帽衣,帽子戴在头上,整个人仿佛被衣服包着一样,坐在那里,一动不动。

高成旁边还有一个人,竟然是田奎。

"来了。"田奎看着叶平说道。

"田师父和你的父亲是故交。"高成说。

叶平点点头:"这个我还真没想到。"

这时候,坐在旁边的那个穿着黑色连帽衣的女人抬起了头,和叶平对视了一眼。叶平看到她的样子,登时叫了起来:"是你,你,你也来了?"

这个女人正是十年前父亲救过的那个女人,叶平看到她太惊讶了,因为女人的样子看起来还是之前的样子,没有任何变化。

"是我,我叫苏小梅,十年前你父亲救过我。"那个女人介绍了一下自己。

"这位是?"田奎看了看桑柔问。

"这是我女朋友,我父亲的事她都清楚。关于保密的事,她肯定能做到。因为她和她一样,都得了疯尸病。"叶平指着旁边的苏小梅说。

叶平的话让现场的人大吃一惊,尤其是苏小梅,她竟然站了起来,走到了桑柔身边,仔细看着桑柔。

"不用看了,疯尸病我父亲临死前告诉过我。虽然我不知道当初你们是什么样的组织,又有什么样的秘密。不过现在我女朋友也得了这种病,并且是被人咬伤的。我想你们的组织应该就是专门对付这种害人的疯尸病患者的吧。"叶平看着田奎他们,一口气说出了自己内心的话。

"她的病情并不严重,吴波救过她?"苏小梅看着叶平问道。

"不错,和你一样,只是缓解了她身上的毒素发作时间。不过看到你我也知道,恐怕这病是无药可救,要不然你也不会是现在这个样子。"叶平说道。

"谁说这病无药可救,只是因为咬伤我们的宿主无法复活,所以我们才只能等待。"这时候,和苏小梅坐在一起的那个男人站了起来。

"杜发,你要做什么?"田奎看到杜发站了起来,脸色有些不悦。

"事情已经很明显了,最近的命案,吴波的死。难道我们还要等下去吗?"杜发的声音微微颤抖,"不瞒你说,他已经找过我了,只不过我没有答应而已。"

叶平看着杜发,他忽然想起来,那天晚上在医院太平间偷食死人血的男人,正是杜发。那个神秘人和杜发的对话,此刻清晰地浮现在叶平的脑子里。

这显然是叶平没有想到的事情。

"你说谁能救我?"这时候,桑柔看着杜发说话了。

"鬼医乔五。"杜发缓缓地说出一个人的名字。

3. 石 像

雷良用力推了推祠堂门上的门栓,确认牢固无比后,收起了枪。

杜发和三个女孩坐在地上，中间有一个铁盆，里面有没有烧完的木炭，吴波拿出火柴正在点引纸。

雷良围着祠堂绕了一圈，祠堂的中央是一个供桌，上面放着两个破碟，供奉了一个穿着盔甲，拿着宝剑的石像。石像前面还有一个灵牌，上面写着："护国大将军吴又邪"。看来这个石像应该是吴家村的祖先，还受过朝廷的封赏，所以才在祠堂里面建立石像。

铁盆里的木炭火起来了，其他人围在一起招呼雷良过来。

围着火盆，暖意渐生。

"祠堂这么点地方，相机会藏在哪里啊？"杜发说话了。

雷良刚才也在想这个，他绕了祠堂一圈，并没有找到后门或者藏身的地方。唯一可以藏东西的地方，只可能在石像附近。

"你说刚才跟在我们后面的是什么人？"聂丽丽推了推吴波问。

"不知道。"吴波摇摇头。

"那个农妇死得真惨，死了也没收拾，脖子都被野兽咬断了。可是我们进村子的时候却什么都没遇见，真是太怪异了。"苏小梅想起了路上的那个农妇尸体。

"那农妇不是被野兽咬断脖子的，她应该是被人咬伤脖子的，要是动物咬断的话，肯定现场不会只有脖子那里有伤口血迹。"张若婷说话了。

"你们说这吴家村发生的疯尸病瘟疫是不是跟僵尸一样？"聂丽丽问道。

"疯尸病是一种血液病，当时我们医院有人来过这里，不过好像也被感染了，被送到省里了。我来这里之前，院长跟我说过，只要别让感染者咬伤，就不会出问题。还有如果你的血型和感染者血型不同，也不会被感染。这和传说的僵尸不一样，再说我们都是新青年，破除迷信、推崇科学是我们的职责，僵尸都是迷信传说。我在医院工作这么久，还从来没见过什么僵尸呢。"张若婷说道。

"就是，来的时候田同志也跟我说了，我们如果被咬伤了也没事，只要马上和外面的人联系，外面的人会第一时间来营救我们。"苏小梅跟着说道。

"小梅，我看那个田同志对你不错哦，之前还亲自去家里接你。我们可没这待遇。"聂丽丽忽然笑了起来。

"胡说什么，都是为了人民群众，你可别瞎说。"苏小梅的脸顿时涨红了。

"好了，我们现在一起找找，看看能不能找到相机。如果找不到的话，还得进行第二套方案。"雷良打断了他们的对话。

大家纷纷站起来,围着石像开始寻找。

很快,杜发发现在石像的后面有一个洞口,但是有些小,没有办法钻进去。

"你进去看看。"雷良拿出手电递给了个子比较小的聂丽丽。

"我,我啊。"聂丽丽有些害怕。

"没事,我们在外面,有什么事随时会拉你出来。"雷良说道。

"对,这个你也拿着,遇到危险就开枪。"吴波把手里的枪递给了她。

聂丽丽无奈地点了点头,左手拿着手电,右手端着枪,弯腰钻进了石像背后的洞口。

黑乎乎的石像里面,手电的光只能照到眼前的情景,聂丽丽身体钻进去后,感觉浑身软趴趴的,心脏都要跳到嗓子眼里了。好在外面一直有吴波的鼓励,她的胆怯才稍稍减少了一点。

石像后面的洞口通往的地方其实是石像的肚子里面,空荡荡的,浓重的灰尘让人窒息。聂丽丽拿着手电四处晃了晃,什么都没有看到。

"怎么样?"外面传来了雷良的声音。

"什么都没有。"聂丽丽回了句,转身准备离开。

"呼",一个低沉的声音突然从前面角落里传了出来,像是有人发出的呻吟。

"谁?"聂丽丽心里一紧,手里的手电顿时照着那里晃过去。

只见前面不远处,有个黑色的东西正在那里一上一下地动着,聂丽丽警惕地端着枪,慢慢向前走去。

聂丽丽走到那个东西面前的时候,"呼"的一下,一团黑影冲着她扑过来,聂丽丽惊叫了起来,扣动了扳机,"砰砰砰"三枪,也不知道打中了没有,她只觉得脖子下面一凉,那团黑影窜到了后面。

"聂丽丽,聂丽丽,你怎样?"外面传来了吴波急切的叫声,跟着是他们拿着东西砸石像的声音。

"有,有人吗?"这时候,聂丽丽才看到,刚才那团黑影窜出来的位置,有一个人躺在那里。

"你是谁?"聂丽丽用手电照了一下,问道。

没过多久,石像后面的洞口被外面的人砸大,雷良和吴波钻了进来,他们看到聂丽丽扶着一个人坐在了前面的角落里。

藏在石像里面的人三十多岁,穿着一件中山服,戴着一副眼镜,他叫孙子康,是之前派进来的一名医生。

孙子康的身上有很多伤口,有的甚至已经结成了疤,他藏在石像里已经两天,没有吃的东西,身体虚弱到了极点。

苏小梅拿出干粮和水,孙子康狼吞虎咽地狂吃一番,身体渐渐恢复过来。同时,他也讲了一下他们来到吴家村遇到的情况。

孙子康是国外留学回来的,他也是第一批来到吴家村的人员。当时吴家村里的村民只是受伤,并没有出现什么特别的症状,可是孙子康他们到了吴家村头一天的晚上,被感染了的村民开始发疯,见人就咬,甚至连家里的鸡鸭猪狗都不放过。一时间,整个吴家村成了人间地狱。

孙子康的同伴们都被咬伤,有的甚至被拖走,不知所踪。孙子康比较幸运,最后躲在了石像的背后。

本来,孙子康感觉自己就要死了。可是有一天,一只黑色的猫从外面钻进来,咬了他一口,甚至还吸了他的血。结果孙子康感觉身体没之前那么差,然后他便习惯了那只猫每天来咬他。

聂丽丽在石像里见到的那团黑影,就是那只吸食孙子康的猫。

4. 神鬼医生

一九九九年十月,高成的一个警校同学阿德去一个叫灭世的毒贩手下卧底。灭世是个华人,没有人知道他的详细资料,只知道他在贩毒这一行浸淫了十年以上,并且他的疑心病特别重。

阿德用了一年多时间才打通了灭世身边的关系,最后取得了灭世的信任,成为他的一个心腹。

灭世有一条东南亚的贩毒路线,接头人是云南警方追查多年的毒贩。为了抓住这个毒贩,云南警方投入了大量精力和人力,结果都没有任何线索。

阿德无意中得知了这个毒贩的信息,为了配合云南警方,他冒着暴露的危险,将那个毒贩抓获。

等到阿德再次见到灭世的时候,对方识破了他的卧底身份,然后对他进行了疯狂的报复,最后将他丢进了湄公河里。

阿德被救上来的时候,只剩下一口气。

云南警方对于阿德的帮助深感谢意,对于他的遭遇,倍感愧疚。就在这种情况下,一个老人找到了他。

那个老人将阿德带到一个房间,整个晚上用了十盆热水和十条干毛巾,最后天亮的时候,阿德活了过来。

那个老人只留下了一个名字:乔三。

神医乔三。

鬼医乔五。

据说乔三看将死之人,乔五看将活之人。

高成也是听阿德说起过这两个人,这两个人一直隐世于云南的一个荒山里面,他们很少出来,也很少帮人。但是只要他们出手,一定能把人救好。

"鬼医?"叶平显然没有听过这个人。

"不过这个人很难找到,我曾经有缘见过他的哥哥一面,可惜他的哥哥只救将死之人,对于我们这样不死不活的病情,根本不屑一顾。"杜发说道。

"你说的这个人我知道,他的哥哥叫乔三,称为神医,他叫乔五,称为鬼医。两人性情古怪,一直隐居在深山老林里,很少与外人打交道。"田奎跟着说道。

"说了半天白说了。"叶平听完,不禁泄气了。

"事在人为,我们不人不鬼这么多年都没有放弃,你这才几天。"杜发冷笑一声说道。

"现在最关键的是找到咬伤桑柔的那个人,如果能拿到她的血清,还有办法阻止毒素的蔓延。"苏小梅对叶平说道。

"这件事交给我吧。"高成说话了。

叶平看了看旁边的桑柔,她点了点头。

"今天是吴波的追悼会,我们送他最后一程吧。"这时候田奎说话了,然后拿起旁边的一叠纸钱,用力往上空一撒。跟着,他吼出了一首粗重的曲子。

随着田奎的吼声,其他人都默默地低下了头。

叶平想起了这么多年和父亲在一起的日子非常少,尤其是他去了精神研究院后,自己几乎没去看过他。

十岁的自己,曾经发生了什么,父亲将自己养大。

早已经干涸的泪水,再次涌了出来,滑过脸颊,流进心里。

追悼会结束后,田奎喊住了叶平。

"异人计划想必你看过了。"田奎说道。

叶平点点头，父亲留下的那个文件袋里就是寻灵计划调查记录，其实就是二十多年前，一个叫吴家村的地方发生疯尸病，叶平的父亲曾经和几个朋友一起深入吴家村，寻找之前失踪的派遣队和医疗队。

"可能你不知道，苏小梅、杜发和你父亲，他们当初被选为破解疯尸病的实验者，就已经选择了死亡。在吴家村，他们遇到了一次袭击，你父亲还算比较幸运，安然无恙地回来了。其他人要不失踪了，要不感染了病毒。这么多年他们每一个人都在寻找那个神秘的背后组织者。你父亲的职责一直都是平衡苏小梅他们的关系，之前派遣队里的人员有的受不了，要么被别人控制，要么离开了这里。"田奎最后说道。

"那个背后组织者就是杀死我父亲的凶手吗？"叶平问。

"这个不清楚，但是必然和他有关系。高成现在正在调查这几起案子。我之所以喊你，是希望你能够继续接管你父亲之前的工作。也许是命中注定，你女朋友也被感染了，你正好可以利用这些时间，和苏小梅他们搞好关系，也算是配合高成查案。"田奎说道。

叶平点了点头。

回到家里，叶平整个晚上辗转反侧，他的脑子里乱哄哄的，像是有无数根麻绳缠绕在一起一样，形成一个巨大的网，将他覆盖在其中，不能自拔。

5. 红　姐

桑柔将咬伤自己的那个女人的QQ号和网络信息给了高成。

高成通过IT部调查发现那个女人的手机IP多次出现在红色俱乐部，于是他连夜找到了张一波，两人分析了一下，他们认为那个咬伤桑柔的女人很有可能就混在红色俱乐部里面。

就在高成和张一波约定准备再去趟红色俱乐部的时候，桑柔给高成打来了电话，她说那个女人出现了，并且约她在民政路的一个旅馆见面。

高成和张一波开车找到了桑柔，然后仔细询问了一下情况。

原来今天在殡仪馆见到苏小梅他们以后，桑柔便主动联系了那个女人的QQ号。桑柔本没有抱什么希望，因为那个女人的QQ号已经好久没有上线过。可让桑柔意外的是，没过多久，女人竟然回复了她的消息。

桑柔说自己身上出了些问题,想请求帮忙。

女人便给了桑柔一个地址:民政路安乐宾馆201房间。

那个女人的网名叫红花一朵,听上去比较有诗意,但是如果知道她是一个疯尸病患者,恐怕会让人悚然一惊。

二十分钟后,高成三人来到了安乐宾馆。为了避免打草惊蛇,他们先让桑柔进去,张一波守住楼下的窗户,高成守住房间门。

桑柔进去几分钟后,高成拿出从服务员手里拿到的备用钥匙,打开了门,进去一眼看到了一个穿着红色袍子,戴着鬼脸面具的女人站在床边,刚才进来的桑柔已经被她按在了床上,死死地捂着嘴巴。

"住手。"高成从腰间拿出手枪,对准了那个女人。

那个女人慢慢丢开了桑柔,转过了身。

桑柔慌忙从床上坐起来,跑到了高成的身后。

"取下你的面具。"高成扬了扬手里的枪,对女人说道。

那个女人迟疑了一下,慢慢取下了脸上的面具,露出一张清秀淡雅的面容。

高成走了过去,拿出手铐刚准备将女人按住,女人忽然说话了。

"高警官,你不认识我了吗?"

"你是谁?"高成愣住了,仔细打量了一下,隐隐觉得女人似乎有些眼熟。

"我是莉莉,红色俱乐部的莉莉啊,之前你去那里的时候,我带你去过楼上。我是赵曦的同事。"女人将自己的头发往前捋了捋。

果然是她,只不过此时她没有化妆,头发又束着,和之前的样子还真不太一样。

"怎么是你?"高成没想到这个咬伤桑柔的女人竟然是之前在红色俱乐部遇到的莉莉。

莉莉笑了笑,坐了下来:"我自然是被人逼的,说来话长。"

高成看了看后面的桑柔:"上次是她咬伤你的吗?"

桑柔走过来看了看莉莉,然后摇了摇头。

"肯定不是我,咬伤她的人应该是花姐。今天也是花姐让我替她来的,花姐是欧阳坤的女人,红色俱乐部里,谁要想成为特色模特,都要花姐点头。"莉莉讲起了花姐的事情。

花姐最早和她们一样,都是红色俱乐部的陪酒女。后来不知道为什么,就成了欧阳坤的女人。之所以这么说是因为花姐来红色俱乐部时间不短,如果说欧阳坤看上她的话,应该早就看上了。

有人说花姐是因为做了一件事,让大老板特别高兴,欧阳坤也是为了自己能够在大老板面前站稳脚跟,所以才要了花姐。总之,从那以后,红色俱乐部里的特色模特,都要花姐点头,才能出去接客。

赵曦去做特色模特之前,也曾经去过花姐的房间。当时莉莉还问过她,赵曦什么也没说,只是两眼哭得红肿,仿佛受到了什么委屈的事情。作为陪酒女,被人欺负占便宜本就是家常便饭,莉莉是一个聪明女孩,她没有多问也没有说什么。

不过莉莉听人说过,有人见过花姐和那些男性特色模特乱搞,并且欧阳坤还在一边。也有人说,谁要想做特色模特,先要通过花姐那一关。

莉莉虽然说个陪酒女,但是害怕做特色模特。花姐也不勉强她,不过这一次,花姐让她来酒店假装自己,然后将桑柔打晕。

高成知道莉莉说的那个大老板就是上次和他红色俱乐部对峙的那个人。那个人的确不简单,现在想起来,高成还觉得有些不踏实。

楼下的张一波上来了,看到里面的情况,他不禁愣住了。

高成简单跟他解释了一下情况。

"那我们不如将计就计,看看这个花姐要玩什么?"张一波说道。

"我不去,我不去。"桑柔一听,立刻摆了摆手。

"她让你带桑柔去什么地方?"高成想了想,看着莉莉问。

"她只是说,我这边好了,给她个电话,她会安排。"莉莉说道。

"那好,现在你给她电话,我们将计就计,看看她到底想要干什么?"高成沉思了片刻,提出了一个办法。

莉莉架不住高成和张一波的说辞,拿出手机,拨出了花姐的电话。

"事情搞定了没有?"电话里传来了花姐的声音。

"搞定了。"莉莉看了看旁边的高成说道。

"好,把她送来喜神酒店,到楼下了你告诉前台是501的朋友到了,会有人来接你。到时候来的人会给你辛苦费,记住,今天的事情对谁都不能讲出去,否则我饶不了你。"花姐连哄带吓的说道。

"好,我知道了。"莉莉说完,挂掉了电话。

"喜神酒店?我怎么没听过安城还有这地方?"高成和张一波对视了一眼说。

"喜神酒店是红色俱乐部老板的产业,就在风翠园附近,不对外营业的,都是老板他们接待朋友用的地方。"莉莉解释了一下。

"怪不得。"张一波明白了过来。

"那走吧,我们过去吧。"高成说道。

"喜神酒店,听着都恐怖,我能不去吗?"桑柔拉住高成问道。

"没事,我们会保护你的。放心吧,只要等那个接你的人下来,我们就会出来。要不然,我们永远无法抓住花姐的把柄。"高成拍着胸脯给桑柔一颗定心丸。

"那好吧。"桑柔同意了。

6. 诡 夜

火光很亮,照着每一个人,但是却照不到每个人的心事。

孙子康说的话让众人陷入了困惑。

按照组织的要求,他们需要拿到那个拍有吴家村内部情况的相机,就可以离开了。可是孙子康说,根本没什么相机。

吴家村的情况已经很明朗,就是病毒感染。他们称呼为黑血病毒。如果说组织上想要吴家村的情况,派一架飞机来回一趟,整个情况就可以清楚。之所以说有这个相机,不过是为了让他们进入吴家村有任务感。

就像来的时候说的一样,他们的血型的确比较少见,其中可能会有克服黑血病毒的抗体。如果能通过他们找到抗体,那整个吴家村的情况就得到了控制。

对于孙子康的说法,雷良第一个提出了反对意见,他对于孙子康的这种质疑组织的说法非常反感。

"其实情况没你们想的那么糟糕。即使你们感染了病毒,也不会怎样,因为病毒在体内有一个合并过程。我之前的同事,都是在感染病毒后,很快被带走。他们能在第一时间延缓病毒的合并,但是就像我说的,没找到抗体之前,没有办法清除病毒。"孙子康说道。

"可是我们进来村子,并没有见到被感染的人。"吴波问道。

"这里才是村子的最东边,被感染的群体现在主要集中在村子的西北边。如果要通过这个村子,必须从西北边路过,你们现在才刚进来,还没有接触到。"孙子康说道。

"被感染的人是什么样子啊？他们会吃人吗？"苏小梅问道。

"被感染的人和正常人一样，只是在发作的时候，他们会咬人。因为病毒是通过血液传播，所以被咬到的人就会感染病毒。他们不会伤人，不过病毒感染时间太长，有的人体质太差，会发狂而亡。"孙子康简单回答了苏小梅的问题。

"为了安全起见，我们还是白天赶路吧。今晚大家就在这里凑合一下，我们四个男的，两人一组守夜。我和孙子康前半夜，吴波和杜发后半夜。"雷良分配了一下职责。

雷良是大家选出来的队长，他又是部队出身，所以大家都没意见。不过孙子康提出了要求，他说自己想和杜发换一换。

雷良犹豫了一下，同意了他的要求。

前半夜，雷良和杜发在一起。两人聊了一些生活和工作上的事，时间过得很快。等到后半夜的时候，雷良叫醒了吴波和孙子康。

已经是后半夜，外面寂静一片。

对于刚进到吴家村的情况，吴波有太多东西没有消化掉。尤其是孙子康说的这些事情，是他之前没有想到的。

守夜比较无聊，孙子康和吴波又聊起了他们之前来到吴家村的情况。孙子康当时是和一个助手一起过来的，他的助手是国家医疗队帮他介绍的，虽然不是什么医疗专家，但也是医学方面的熟手。可惜，他们刚进来，看到发病的村民，助手过去帮忙，却被对方攻击，感染了病毒。

"我在国外参加过一些瘟疫的抢救工作，这个黑血病毒和那些都不一样。说白了，这个黑血病毒跟传说中的吸血病一样，只不过感染者攻击力不大。但是传播速度很快，所以这边才快速封村闭路，免得扩大感染速度。"孙子康说道。

"好端端的，咋会出现这病毒呢？听说是一个女人给父亲守灵，结果父亲诈尸了，咬了女人。"吴波说道。

孙子康摇摇头说，"错了，凡事必有因。真正原因是有人来吴家村西边盗墓，打开了墓室里面封闭的诅咒。这种病毒肯定不是现代的。"

"盗墓？吴家村西边有什么古墓？"这下轮到吴波愣住了。

"这里是古庸国的国都。当初古庸国曾经跟着周武王一起伐纣，后来他们讨伐楚国，结果兵败亡国。但是古庸国本身是一个巫术之国，他们的财富和巫术都是历史上的谜团。"孙子康说了一下古庸国的情况。

"这我们还真不知道,孙先生真是好学问啊。"孙子康的渊博让吴波由衷地佩服。

"所以解铃还须系铃人,我偷偷告诉你,如果你被感染了病毒,可能真正能够解毒的药,还在古庸国的墓室里。"孙子康低声说道。

这时候,一阵风从外面吹进来,吴波不禁缩了缩脖子,转头,他看到祠堂的门不知道什么时候开了一条缝,他于是走了过去,想要将门关住。结果,在临关门的时候,他看到门外有几个人影在晃动。

"孙子康,外面,外面有动静。"吴波急切地喊了起来。

"轻点。"孙子康一下子捂住了吴波的嘴巴,然后透过门缝望了出去。

"好像是感染者。"孙子康慢慢松开了捂着吴波嘴巴的手。

"要喊醒大家吗?"吴波问道。

"不要,免得吓到别人。这样,我出去看看,要是有事,你喊雷良过来。"孙子康说着轻轻拉开了门,蹑手蹑脚地走了出去。

吴波的眼睛直直地看着孙子康向那几个人影走去,那几个人影似乎对孙子康有些惧意,和孙子康保持着一定的距离。

他们似乎在说着什么,孙子康时不时还指指身后的祠堂。

就在他们说话的时候,前面突然传来了一阵巨大的声音,像是什么动物的吼叫。这个声音,让和孙子康正在说话的几个人受到了惊吓,飞一样向前面跑去,很快消失在夜幕中。

外面的声音也惊动了里面的人,雷良第一个醒了过来。看到吴波一个人扒在门边,他厉声问道:"吴波,你在干什么?"

"我,我……"吴波回过头,不知道该怎么解释。

"关好门,别管我,关紧门。"这时候,外面突然传来了孙子康的尖叫声。

雷良立刻冲到了门边,借着门缝,他们看到孙子康被一个巨大的黑影往后面拖去。

"开门。"雷良拿起手枪,准备冲出去。

"不,不要出去。"吴波却一把拦住了雷良。

"你干什么?"雷良瞪了他一眼。

"孙子康说了,他要是出事了,要我们关好门,不要管他。"吴波说道。

"扯淡,快开门。"雷良说着一把拉住了吴波的手。

"雷良,吴波说得没错,我们先保存好自己的实力吧。"这时候,身后的杜发也说话了,"孙子康在这里这么久,想必会有办法脱身。"

雷良看了看外面,刚才还叫喊的孙子康已经没了声音,对面不远处的黑暗中,一片死寂,不知名的东西似乎潜伏在里面,随时等待着攻击。

雷良慢慢松开了手,旁边的吴波快速将门顶上。

7. 缺失的记忆二

叶平是被一阵敲门声惊醒的。

已经是晚上十点,他实在想不起来这会儿会有谁来家。

父亲的死,让叶平这几天筋疲力尽,刚刚才睡着,又被敲门声惊醒。他揉着迷糊的睡眼,打开了门。

门外站着一个女人,三十多岁,长发披肩,穿着一件红色的裙子,貌美肤白。

"你找谁?"叶平看着她问。

"我叫柳飘红,你可以叫我红姐。我找你是关于你父亲的事。"女人说着走了进来。

"你认识我父亲?"叶平对于这个半夜来访的女人,有些不知所措。

"我不但认识你父亲,我还认识你母亲。"柳飘红转过头说道。

"你说什么?"叶平的脑子像是被锤子砸了一样,嗡嗡作响。这是他二十多年来第一次听到关于母亲的信息,他曾经问过父亲很多次关于母亲的事情,但是父亲都没有告诉他。

"叶先生是你的养父,你十岁的时候,你的母亲带你离开家乡。可惜在路过安城车站的时候,火车上出了一点事故,你的母亲和其他人都死了。整个车厢只剩下你和叶先生,所以叶先生把你带到了身边。为了怕影响你成长,叶先生特意找人对你的记忆做了封闭,你十岁之前的事情一点都记不起来。如果你想记起来,我带你去个地方。"柳飘红说道。

叶平的情绪半天没有平复,这个消息来得太过突然了。十岁之前的记忆是什么? 童年是什么颜色? 母亲的样子是不是可以从虚幻转到清晰? 那一段断节的记忆里,究竟发生了什么事情?

这个谜题,似乎马上就能解开。

"怎么？你不想知道自己的身世吗？你不想知道为什么叶先生不让你知道你十岁那年发生的事吗？"柳飘红凑到了叶平身边，低声说道。

一股沁人的香味钻进了叶平的鼻子，他不禁有些害羞，往后缩了缩身体。

"你的身世只有今天能知道，错过了，你将永远都不会知道。"柳飘红说道。

"好，我跟你去。"叶平没有再犹豫。

柳飘红点了点头，做了一个请的动作。

叶平跟着柳飘红上了一辆黑色轿车，很快，轿车开进了深暗的夜色中。透过车窗，叶平望着外面，记忆回到了原点。

唯一记得的便是父亲带着他搬家到惠民小区，再往前，脑子里便是一片混沌，似乎隐约有些画面，但是脑袋里却像是有什么东西在挡着，怎么也打不开，看不到，想不起来。

为什么父亲不愿意告诉自己十岁之前的事情呢？莫非是有什么不能让自己知道的原因？会是什么呢？

无数个疑问在叶平的脑子里回荡，不知不觉，车子开到了一个灰色的建筑前，然后从旁边的一个巷子里面开进去，停在了巷子尽头的一个拐角处。

叶平和柳飘红下了车。

柳飘红推开了旁边的宅子门，走了进去。

走进宅子里面，叶平才发现这是一个私人会所，院子里面种满了花草植物，中间一条走廊通往对面，院子的很多角落都挂着红色的灯笼，上面用黑色的毛笔写着两个篆体小字——喜神。

柳飘红带着叶平走进中间的大厅，然后示意他先坐下来。

大厅装修华丽，古香古色，壁画密密麻麻，飞鸟神兽，相互映衬。叶平看着壁画上的内容，一时间愣在了那里。等到他回过神时，才发现柳飘红和一个男人已经走到了身边。

叶平转过头看了看那个男人，大约三十多岁，面色温和，只是身子里透着一股莫名的阴气，尤其两只眼睛，鬼气森森地上下打量着叶平。

"你觉得你父亲是好人还是坏人？"男人看着叶平问。

"好人。"叶平不假思索地说道。

"不，他不是一个好人。"那个男人摇了摇头，叹了口气。

"你胡说什么，他不是，难道你是？"叶平看着那个男人，反问道。

"我知道你已经见过苏小梅和杜发了，加上你的父亲吴波和田奎，你一共见了四个异人计划里的人,可惜除了田奎和你的父亲,其余两个都感染了疯尸病病毒,成了不敢见阳光的鬼。"男人说道。

叶平惊呆了,他不知道男人是通过什么办法知道自己的事情的,但是这个男人的确很厉害。

"你到底是什么人?"叶平问道。

"我的名字叫聂子飞,我的姐姐也是异人计划里的一员。"男人说出了自己的名字。

"你姐姐是聂丽丽?"叶平想了一下异人计划里的其他人,忽然想到了一个人。

"不错,你的父亲吴波,也是异人实验计划里里面唯一一个安全离开的人。说实话,我很佩服他。我曾经找他问过我姐的情况,可惜他却拒绝跟我透露任何线索,所以我只好自己调查这一切,没想到我还是迟了一步,让幕后黑手杀了他。"聂子飞叹了口气说道。

"你找我来不是说可以帮我恢复之前的记忆吗?难道我的记忆和你姐姐的下落有关系?"叶平突然明白了过来。

"不错,确实有关系。我需要你帮我打开一个东西。为了回报你,我可以帮你解开你十岁之前的记忆。"聂子飞点点头。

"东西?"叶平愣住了。

"是的,不瞒你说,这个东西恐怕只有你能打开。"聂子飞点点头。

"我可以答应你,前提是帮你打开的东西不是帮你犯罪吧?"叶平想了想说。

"当然不是。这个东西关系到我姐的下落,说白了对我有用,对其他人没有任何用。"聂子飞说道。

"好吧。"叶平答应了。

聂子飞对旁边的柳飘红挥了挥手,然后向后面的房间走去。

"你跟我来。"柳飘红带着叶平,走向了大厅的另一边。那里是一个小门,门后面是一个通往地下的阶梯,一共十二层,阶梯的尽头又是一道铁门,铁门两边竖着两个灯架,上面安着两盏透亮的白炽灯,发着耀眼的光。

柳飘红推开铁门,转头对叶平说,"请进吧。"

"这是什么地方?"叶平觉得有些奇怪,不禁问了一句。

"帮你恢复记忆的人就在里面,放心吧,聂子飞还等着你帮他的忙,不会对你怎样的。"柳飘红笑了笑。

叶平走进了铁门。

铁门里是一个二十平方米的空间,有一张床,一张桌子,剩下的全部是书和白纸,密密麻麻地堆在地上,一个穿着白色长衫的白发老人坐在书与白纸中间,他正在看着一本书,如果不是他衣服上黑色的扣子,还真的难以分辨出来。

"先生,人带来了。"柳飘红对那个老人说了一句。

那个老人放下手里的书,抬眼看了看叶平,然后翻身到了另一边,不予理睬。

"乔先生,我们老板说了,如果你能帮他恢复之前的记忆,孙思邈的《枕中素书》就给你奉上。"柳飘红又说了一句。

这一次,老人一下子从书纸中间站了起来,看着柳飘红说:"说话算话?"

"自然,不过就是怕先生不能帮他恢复之前的记忆。"柳飘红笑呵呵地说道。

"嘿嘿,天下还没有我鬼医乔五看不好的病。"老人笑了起来,露出了一口黄牙。

听到老人说自己是乔五,叶平不禁呆住了,继而心里一阵狂喜,要是眼前的老人真是鬼医乔五,那么桑柔就有救了。

8. 吸血猫

祠堂内的空气仿佛凝结住了一样,所有人都聚到了雷良和杜发的后面。虽然只有雷良和杜发能看到外面的情况,但是后面的人却能感觉到此时此刻的危险性。

雷良手里的枪通过门上的一个洞推了出去,他眼神稳重地盯着外面,食指扣在枪的扣板上,随时准备开枪。旁边的杜发就有些狼狈了,他端着枪的手甚至都有些颤抖。这样的情况,让后面的几个女孩更加害怕。

"哇啊",外面传来了一个奇怪的叫声,类似猫,却又不像猫。

"过来了。"雷良低声说了一句。

杜发向外仔细看了一下,只见前面黑暗的角落里钻出来一群黑色的东西,它们看起来跟猫一样大小,但是却不像猫。它们走得非常慢,甚至是匍匐前行。刚才那奇怪的叫声,应该是这群东西的领头。

"怎么办?开枪吗?"杜发看着那些东西慢慢靠近,着急地问道。

"再等等,等一下。"雷良也有些不知所措,他没想到黑暗中出来的东西竟然是这些,如果是人,或者说是吸血人都没事,可是面对这么多冲过来的野兽,他们的子弹有限,很难支撑多久的,所以不到万不得已,他不想去惹这些东西。

那些黑色的东西在爬到离祠堂一米处的时候停了下来。它们的眼睛是蓝色的,微微咧着嘴,露出白色锋利的牙齿。

雷良看到在那群东西的后面,有一只毛发和前面这些东西不一样的猫,它比前面的这些猫高出很多,看得出来,那应该是这群东西的首领。

果然,那只猫一仰头,嘴里发出"呜呜呜"的叫声,那些本来静止不动的黑色野猫,立刻站了起来,一只只像是打了鸡血一样,瞬间变得精神抖擞。

"不好。"雷良轻呼一声,将枪口照着那只首领猫,"砰"的一声按下了扣板。

那只首领猫似乎在雷良开枪的瞬间感觉到了什么,身体往前一蹲,雷良的子弹擦过它的毛发,并没有伤到它。

"喵喵呜。"首领猫被刺激到了,发出了一声尖叫。

那些本来准备攻击的猫在听到首领猫的声音后,立刻向祠堂冲了过来,数十只甚至上百只的猫,潮水般从前面涌了过来。

事已至此,雷良也顾不得其他,让其他人一起开枪。

正如雷良所担心的一样,他们的枪太少,子弹有限。那些猫却太多,虽然他们打死了前面几只,但是后面却像是潮水一样很快覆盖过来,冲向祠堂的大门。

"大家快点上石像后面去。"雷良看门口要失守了,于是开始后退。

石像后面有一个暗道,孙子康在那里呆了十几天都没事。这些猫只要没有发现那里,肯定能躲过它们的攻击。

杜发带着其他人去了石像后面,一个一个钻进去。

雷良已经快顶不住了,他用身体顶着门,外面那些猫的力量越来越大,随时都可能冲过来。

其余几个人钻进暗道里面后,杜发对吴波说道:"看好女孩子们,我过去帮雷良。"

"你们也进来吧?"吴波问。

"不行,如果我们也进去了,那些猫肯定会发现这里的。记住,无论出现什么事情,都不要出来。否则,大家都会完蛋的。"杜发说道。

"那你们一定要小心。"吴波点了点头。

这时候,祠堂的门瞬间被推开了。

雷良一下子摔倒在了地上。

那些猫铺天盖地地冲进来,立刻将雷良围了个团团转。它们似乎并不知道还有其他人,所以只是围着雷良。

杜发藏在石像后面,看着眼前的一幕,犹豫着下一步怎么办。

雷良被群猫围着,手里却依然拿着枪,他慢慢坐起来,准备对着那只首领猫开枪,可惜电光火石间,那只首领猫竟然躲过了雷良的子弹,一下子跳到了雷良的胸前,两个利爪深深地扎进了雷良的肩膀里,然后那只首领猫张嘴露出了一排白森森的牙齿,对着雷良的脖子咬了下去。

杜发一惊,端起手里的枪想要开,但是两只手却不听使唤,半天都没有扣动扳机。

雷良发出了一声惨叫声,然后被那只首领猫甩出了祠堂外,那些猫一只接一只地从祠堂里面退了出去。

几十年过去了,每次想起那一幕,杜发的心里总是有一种难以自制的愧疚,特别是在见到雷良以后。

如果当时杜发开枪的话,雷良肯定不会被那只猫袭击,也许很多事情不会发生。

"我不怪你。毕竟你没有开过枪。面对事情,难免会紧张。这一切,怨就怨那个藏在背后的人。"雷良倒了一杯红酒,递给了杜发。

杜发接过,杯子放到嘴边的时候,里面猩红的液体发出了一股浓重的血腥味。他不禁皱了皱眉头:"这不是红酒?"

"哈哈哈,我们这样的人喝红酒吗?现在的美酒佳肴对我们来说就犹如嚼蜡。血,才是我们需要的东西。"雷良坐到了杜发面前说道。

"可是,我不能喝的。不,不可以的。"杜发将杯子放到了桌子上。

"好吧。"雷良叹了口气,他重新站了起来,走到了窗户面前,对着外面说道,"你看,月亮是我们的太阳。其实,我们现在这个样子也挺好的。现在有很多人,明明是一个正常人,却觉得自己是吸血鬼,喝血,假装害怕阳光,甚至睡在棺材里。这世界跟我们之前的世界比,真是变了很多。"

"吴波的追悼会,我去了。说实话,挺羡慕他的,死了一了百了。"杜发犹豫了一下,说话了。

"是的,死亡是一种解脱。可是你没想过这背后的原因吗? 为什么我们会这样? 为什么?"雷良没有动,表情依然冷漠冰凉。

"其实大家之间有点误会,吴波一直在帮我们。他之前为了救小梅,被组织关在精神病院五年。"杜发不知道该怎么说,声音有些颤抖。

"好了,杜发,吴波之前也找过我。不过这个世上本来就会有很多误会。既然是误会,又何必去解释呢? 就像你们当初选择放弃我。这么多年,如果你们觉得自己错了,早就应该忏悔了。"雷良摆了摆手,说,"今天给你点惊喜,你不可以拒绝哦。"

"什么?"杜发愣住了。

这时候,门外传来了一阵敲门声。

门开了,一个穿着西服的男人走了进来,他恭敬地对雷良说道:"先生,人来了。"

"我来介绍下。"雷良点点头,然后拉着杜发走到了那个男人面前,"这是我多年的好兄弟,杜发。"

"杜先生你好,鄙人欧阳坤。"男人微微低身。

"你好,欧阳先生。"杜发点点头。

"走吧,我们去看看欧阳先生帮我们带来的人。"雷良说着,往前走去。

9. 乔 五

柳飘红离开了。

房间里只剩下叶平和乔五。

"乔医生,你能不能……"

"嘘。"叶平的话没说完,乔五对着他摇了摇头。

"躺下。"乔五指了指旁边的沙发。

叶平走了过去,躺到了上面。

乔五嘿嘿一笑,走到叶平的前面,两只手捏住了叶平的脑袋。一股酸疼立刻从叶平的太阳穴弥漫开来,然后扩散到整个脑袋。叶平感觉自己整个身体仿佛陷入了海绵里,浑身没有一丝力气,并且没有任何感觉,唯一的感觉就是来自脑袋上的酸疼感。

乔五慢慢松开了一只手,然后从自己身上抽出一根细如发丝的银针,对着叶平的脑袋刺了进去,跟着轻轻揉着那根银针。

叶平浑身一颤,等他反应过来的时候,那根银针已经刺进他脑袋里,他感觉整个人仿佛被一个无形的东西拉着,明明想离开,但是却没有任何办法。

"咦,奇怪。"突然,乔五发出了惊讶声,然后抽走了叶平脑袋上的银针。

"小子,我问你,你的记忆之前是被谁封的?"乔五问道。

"都说我的记忆被封了,那我怎么会知道?"叶平没好气地说了一句。

"也是啊,怪不得呢。"乔五连连点头。

"你不会没办法吧?"叶平看着乔五奇怪的样子,不禁有些好奇。

"谁说的?天下没有我看不好的病!哼哼。"乔五一听,顿时恼了。

"那我们打个赌,要是你输了,你得帮我一个朋友看病。"叶平说道。

"好玩,好玩。就这么说。"乔五拍手叫好。

"我赌你解不开我的记忆。"叶平提出了赌约内容。

"哈哈哈哈……"乔五手舞足蹈地笑了起来,跟一个六七岁的小孩一样,不但一边笑还一边打滚,"我赢了,我赢了。"

叶平没有说话也没有动,等到乔五安静下来后,他说话了:"还没有赌,怎么说你赢了?"

"偷偷告诉你,我刚才忘了说了,这天下之病没有我看不好的,所以我自然是赢了。这叫不战而胜。"乔五反驳道。

"我不需要你给我治。"叶平摊开了手,"对不起,我不想治。"

"臭小子,你说什么?"乔五显然没想到叶平会来这一招,他不禁气得胡子都快冒烟了。

"我说,你要不给我朋友治病,我也不看了。"叶平说着坐了起来。

"你给我躺下,不能不治。"乔五一把按住叶平的手臂,叶平顿时觉得整个手臂发麻,一点力气都用不上。

"你这样没用的。我不让你给我治,你肯定治不了。就算你治好了,我也说你没治好。我看你怎么和人家说?"叶平不受乔五的威胁。

"你你你你你。"乔五一下子松开了按着叶平手臂的手,然后跟一个急躁的小孩一样在叶平的面前走来走去,嘴里不停地说着一个"你"字。

叶平也不说话,轻轻揉着手臂,刚才被乔五按的地方应该是什么穴位,感觉又酸又麻。

乔五走来走去,看实在勉强不了叶平,只好松了口:"好好,我答应你。你让我救什么人?"

"是我女朋友。"叶平说道。

"她得了什么病?"乔五问。

"不告诉你,等你见了她你就知道了。"叶平不知道该怎么描述桑柔现在的情况。

"放狗屁,你个大臭屁。我乔五一辈子从来没有被人这样耍过,你都不知道她是什么病,就让我给她治。要是她没病呢?"乔五再次气得哇哇大叫。

"你不是废话?我要知道她是什么病,还用让你给她治?反正她的病一般医生看不了。"叶平说完,白了乔五一眼。

乔五走到桌子面前,将上面的日记本和书全部扔到地上,然后发出巨大的吼叫声,最后他还是乖乖地来到了叶平面前。

"好吧,小子,算我服你了。我这辈子还是第一次被人要挟,说吧,你那女朋友在哪?"乔五铁青着脸问道。

"嘿嘿,乔医生,太感谢了。我现在就带你去见我女朋友。"叶平一拍手,欣喜地叫了起来。

对于叶平的要求,聂子飞没有反对。不过他劝叶平最好等一等,因为现在叶平的女朋友桑柔并不在家,而是去了一个比较危险的地方。

听到桑柔有危险,叶平不禁更加着急。

"我让飘红跟你一起去一趟吧。至于乔医生,就让他在这里等你吧。"聂子飞想了想说道。

"不,我要和他一起去。我现在恨不得立刻给他的女朋友看好病,然后再帮他解开封闭的记忆。要知道,我活了这么大岁数,还是第一次遇到这种事。"乔五摇了摇头,倔强地说道。

"可是聂先生说那里很危险的。"叶平看了看乔五,他现在可不希望乔五出任何事。

"有什么危险?哼!"乔五一扭头,冷声说道。

"那既然如此,飘红,你要好生看护两位贵宾。"聂子飞对旁边的柳飘红说道。

"先生放心。"柳飘红低头躬身说道。

叶平和乔五跟着柳飘红走出了宅子,上了一辆黑色的商务车。乔五紧挨着叶平,生怕他跑了一样,柳飘红坐在他们的对面,三个人沉默着,都没有说话。

"我说乔医生,你能不能别挨这么紧?"随着车子的颠簸,叶平感觉乔五越来越贴近自己了。

"我就是挨着你,免得你跑了。"乔五哼声说道。

面对乔五的样子,叶平简直哭笑不得。对面的柳飘红也忍不住笑了起来,她安慰叶平道:"你应该庆幸,这世上能让乔医生这么热情的人,你是第一个。很多人为了找乔医生,费尽心思,都得不到先生的一眼之缘。"

"真的假的?"叶平看着旁边这个老头,之前听杜发说过神鬼医生的事情,不过他怎么也没想到自己会意外遇到乔五。

"聂先生为了请乔医生,可是花了大价钱的。"柳飘红点点头。

乔五仰着头,对于柳飘红的话不屑一顾。

"说到聂先生,我能问下,他让我帮忙打开的东西是什么?"叶平忽然想起了一个问题。

"这个等乔医生揭开你封闭的记忆后,聂先生自然会和你说的。"柳飘红没有回答叶平的问题。

"我知道,我告诉你。"让叶平没想到的是,旁边的乔五忽然说话了,"我听聂子飞说了,最近城市发生的命案,和二十多年前的一些案子很像。聂子飞让你打开的,正是得到的一个秘密盒子,如果知道了盒子里的秘密,那么就能找到二十年前异人实验的真相。"

"这么复杂?什么盒子呢?"叶平愣住了。

"这个等你拿到盒子不就知道了?"乔五瞪了他一眼说道。

正说着,车子停了下来。

柳飘红看了看窗户外面,说话了:"我们到了。"

叶平看了看眼前的地方,竟然是娱乐街后面的一个建筑。想到这里,他不禁皱了皱眉头:"桑柔怎么来这种地方了?"

"这是什么地方?"乔五也被眼前这个神秘的建筑吸引住了。

"进去就知道了……"柳飘红说着打开了车门,下了车。

10. 故　人

在莉莉的带领下，高成和张一波带着桑柔来到了所谓的喜神酒店。

开门的人和莉莉认识，没有多问其他的，几个人走了进去。

喜神酒店也只是一个名字，其实就是一个私人宅邸。

几个人走到大厅中间，按照对方的要求，莉莉去前台说了一下。没过多久，一个穿着制服的男人走了过来。

高成和张一波趁着那两个人和莉莉说话的时候，闪身钻进了旁边的楼梯间。

莉莉在收到钱后，离开了。

"你们要干什么？"桑柔看着身边的男人，不禁叫了起来。

"请吧。还有，和你一道来的两个朋友，也一起出来吧。"那个男人对着楼梯间喊道。

高成和张一波听到对方发现了自己，于是从楼梯间走了出来。

三个人在男人的带领下上了电梯，最后来到五楼。

501，是花姐说的房间。

带路的男人敲开了门，高成他们走了进去。

房间里有四个人，三男一女。女的自然是花姐，男的高成认识，一个是红色俱乐部的老板欧阳坤，还有一个是上次帮欧阳坤的那个男人，另一个竟然是杜发。

"高队长，你怎么来了？"对于高成和张一波的出现，欧阳坤有些意外。

"原来真的是你们在搞鬼？"高成看到眼前这一幕，明白了一大半。他的目光落到了杜发的身上，不禁问道，"杜发，看来你跟他们狼狈为奸了。"

"不，不是这样的。"杜发想说什么，又低下了头，叹了口气，"我又何必跟你解释。"

"高队长，这里是私人会所，所有手续齐全，如果你是为公而来，那么改日再说。"欧阳坤下了逐客令。

"桑柔身上的病毒是你们做的吧？我想知道的是，这个人应该和最近发生的两起疯尸病案子有关系吧？"高成冷声说道。

"高队长,不能说谁感冒了,谁就是传播者吧。你有证据吗?哦,对了,这个女孩一定说是玲花咬了她的,正好,这里有一份玲花的体检报告,玲花一切正常。要不,你们带着玲花再去做个体检？玲花。"欧阳坤说着转头看了看旁边的女人。

"老板。"玲花走了过来。

"要是高队长有需求,你全力配合。"欧阳坤说道。

"知道了。"玲花低头说道。

"欧阳坤,你少来这套。你说今天让桑柔来这里做什么？你做的红色俱乐部,我们也见到了,你敢说跟疯尸病一点关系都没有吗？你身边的男人为什么总是戴着帽子,不敢见人吗？"张一波厉声喊道。

坐在欧阳坤旁边的那个黑衣人忽然纵身跳了过来,一下子扼住了张一波的脖子,将他推到了墙壁上。

窗外一阵风吹来,将黑衣人的头发吹开,露出半张脸来,那是一张瘦得几近骷髅的脸,但是眼神里却闪着刀子般的寒光。

"你干什么？放开他。"高成从腰后拔出了手枪。

"年轻人,说话小心点。"黑衣人缓缓地说出了一句话,慢慢松开了张一波。

"你想做什么？袭警吗？"高成走过去拉住了张一波。

"高队长,上一次我已经很客气了。我说过,这里没有你找的人。请回吧。"欧阳坤站起来说道。

"是吗？那杜发在这里做什么？你别告诉我杜发他是正常人。你们红色俱乐部搞的那些活动,难道不是为了给他们提供血？"高成冷哼一声问道。

"高队长,你错了。我今天来是见朋友的,没有其他意思。"杜发说话了。

"杜发,希望你别辜负了我师父。"高成说完,转身向外面走去。

"站住,我说过让你走了吗？"这时候,黑衣人又说话了。

"他师父是田奎。"旁边的杜发说道。

"你是田奎的徒弟？"黑衣人有些意外。

"你想怎样？上一次我就觉得你不是平常人,既然你想把事情闹大,那我们就闹大吧。"高成慢慢转过来。

张一波拿出手机拨了出去:"喂,我和高队长遇到点麻烦,派人过来。"

"既然你是田奎的徒弟,那今天的事情就算了。你们走吧。"黑衣人摆了摆手。

"对不起,现在我不想走了。我对你的身份产生了很大的疑问,我认为你和最近安城发生的两起命案有着很大的关系,你现在需要配合我调查。你的身份证、信息情况,一一说给我。"高成说着往前走了两步。

房间里的气氛顿时紧张到了极点,所有人连呼吸都变得小心翼翼,生怕一不留神打破这个平衡。

"我叫雷良,其余信息,你问你师父田奎,他比我自己还清楚。"终于,黑衣人说话了。

"你是雷良?异人实验计划里的雷良?"高成忽然明白了过来。

雷良没有再理他,转身坐到了前面的椅子上。

"今天我是来拜访雷良的。"杜发冲着高成说道。

高成没有再说什么,对着张一波挥了挥手,离开了房间。

走出房间,高成让张一波送桑柔回家,自己开车去了田奎家。

车子在路上飞驰,如同高成的思绪。

雷良是异人实验里的第四个人,也是之前异人实验里的队长。高成听师父说过,雷良是当兵出身,当时六个人进入吴家村,都是雷良安排计划,执行组织给的命令。六个人在吴家村遭遇袭击时,雷良为了保护他们,牺牲了自己。

很显然,雷良感染的情况要比苏小梅和杜发严重得多,他的样子已经变得非常恐怖。不过高成觉得雷良并不是吸血案的凶手。

原因很简单,如果雷良要吸血,红色俱乐部里的人足够他吸,何必冒着风险去外面杀人?

现在案子似乎更加复杂了。之前死的人都是平常人,而吴波的死让整个案子和之前的异人实验计划拉上了关系。

凶手是谁呢?

叶平说吴波是在准备营救桑柔后遭到了杀害,难道说对方不让吴波解救桑柔?还是说吴波救了桑柔,会有什么事情发生?

高成忽然迫切地想知道二十年前,在吴家村,异人实验六个人到底发生了什么事情?虽然师父说过,苏小梅他们从吴家村出来后对里面的事情绝口不提,但是高成觉得现在必须知道当初发生的事情,不然可能根本没有办法找到现在这些事情的真相。

想到这里,高成调转车头,向城外郊区开去。

11. 人身猫脸怪

欧阳坤出去了,房间里只剩下雷良和杜发。雷良将身上的大衣脱了下来,露出一张干枯恐怖的脸。

"你的脸?"杜发看着他,脱口问道。

"不止是脸,整个身体都是这样。"雷良笑了笑,"还记得之前我被吸血猫咬到后的情景吗?"

"记得,当然记得。"杜发点点头。

群猫攻击完后,立刻退了出去。杜发跑过去将祠堂的门关上,然后找了一根木棍别住了祠堂的内锁。

雷良的脖子被那只首领猫咬出了血,手上和衣服上全是血。

杜发走到石像后面喊了一下其他人,大家都走了出来。看到雷良受伤,张若婷立刻从口袋里拿出一卷纱布,帮雷良包扎伤口。

吴波和杜发走到门口守着,苏小梅和聂丽丽帮张若婷打下手。

雷良伤得不轻,因为伤口在脖子上,包扎好的纱布依然没有办法止血,并且渗出来的血是黑色的。

"怎么办?伤雷良的猫应该有毒,他的血都成黑色的了。"张若婷看着杜发和吴波问道。

"怎么会这样?"杜发和吴波也是面面相觑,不知所措。

"要是孙子康在就好了,他是医生,应该有办法的。"苏小梅忽然想起来了。

可是刚才孙子康被那个黑影拖走了,当时雷良要去救他,吴波和杜发没有同意。没想到事情很快出现了戏剧性的转变。

杜发走到门边,透过门缝,他看到对面的黑暗处静悄悄的,刚才孙子康就是被拖到了那里。

"孙子康,孙子康,你在吗?"这时候,张若婷突然跑到门边大声叫了起来。

仿佛是惊动了什么东西,前面的黑暗中隐约传来一个声音。

"别管我了,你们看好自己。我腿受伤了,这里很危险。"突然,黑暗中传来了孙子康的声音。

"你怎么样?雷良受伤了,需要你帮忙。我们过去带你过来。"张若婷喊道。

"这里很危险。"孙子康说了一句,没有再说话。

"听声音不太远,你们谁跟我一起过去将孙子康带过来?"张若婷看着杜发和吴波。

"太危险了,我和吴波过去吧。你们在这里。"杜发说道。

"对,这种事肯定是我们男的上。"吴波点点头。

"不行,现在只剩下你们两个男的了,必须得留一个在这里。"张若婷摇摇头,"万一出事了,至少还有一个男的,可以带着其他人离开。"

听完张若婷的话,吴波和杜发对视了一眼,两人异口同声说:"那我去!"

"吴波,你留下吧。我和杜发一起去。"张若婷替他们做出了一个选择。

吴波点了点头:"那你们一定要小心。"

杜发和张若婷没有说什么,打开门,走了出去。

夜风吹在身上,凉飕飕的。

没过多久,他们走到了对面的黑暗之处。那是一块长满荒草的山地,四周全是黑幽幽的山林。

"孙子康。"杜发喊了一声。

"我在这。"孙子康的声音忽然从前面传了出来。

杜发打开手电照了过去,然后看到孙子康坐在前面的地上,背对着他们。

"你拿着,我过去扶他。"杜发把手电递给了张若婷,然后低声说了一句,"万一有什么不对,直接开枪。"

张若婷点了点头。

杜发慢慢走到了孙子康的身边:"你怎么样?"

孙子康慢慢转了过来,他低着头,嘴里发着一阵奇怪的声音。

"你说什么?"杜发没有听清楚,凑了过去。

孙子康微微扬了扬头,冲着杜发发出了一阵诡异的笑声。

杜发一惊,他这才看清眼前的人根本不是孙子康,眼前人的脸竟然是一张猫脸,电光火石间,人身猫脸的东西"嗷"的一声将杜发扑倒在地。

"杜发!"张若婷叫了起来,端着枪冲了过来,可是杜发和那个东西纠缠在一起,她一时之间愣在了那里,不知道该不该开枪。

杜发用力撑着身体,想要将对方压到身体下面,可是那个东西的力气很大,嘴巴里发着一股浓重的臭味,甚至有腥黄的液体流出来。杜发感觉自己身体越来越无力,他只好大声喊道:"张若婷,快开枪,开枪打它。"

听到杜发的喊声,张若婷闭上眼,用力按下了扳机。可惜枪的后坐力太强,本来对准那个东西的枪口歪了一下,打到了旁边的石头上。

枪声一响,本来压着杜发的那个东西一下子转过了头,盯上了旁边的张若婷,然后迅速松开杜发,冲着张若婷扑了过去。

"啊!"张若婷吓得往后退了两步,脚脖子一软,栽到了地上。

"砰砰砰",身后的杜发站了起来,对着那个东西连开了三枪。

那个东西的身体从半空软了下来,不再动弹。

这是杜发第一次开枪,虽然之前雷良跟他说过很多次开枪的要领和需要克服的东西,真开枪了,心里还是带着紧张与不安。

"你没事吧?"这时候,张若婷站了起来。

"没,没事。"杜发回过了神,收起了枪。

"这个到底是什么东西?难道孙子康已经出事了?"张若婷盯着地上的那个东西问道。

杜发走过去,蹲下身将那个东西翻了过来,他仔细看了看,这才发现地上的这个人身猫头的东西,其实是一只猫架在一个人的身上。杜发拿着手枪用力按了按,发现那个人的头被上面的猫的身体压到了脖子后面,所以看起来整个人的后背鼓囊囊的,其实是那只猫的身体附在那个人的身上。

"真是奇怪,这只猫怎么会操控这个人呢?"张若婷也看出了问题所在。

"这个应该不是孙子康,可是为什么刚才说话却是孙子康的声音呢?真邪门,难道这猫成精了?"杜发疑惑地说道。

"杜发,杜发,你们先回来。"这时候,身后的祠堂里,传来了吴波的喊声。

杜发和张若婷对视了一眼,两人站起来,退回了祠堂。

回到祠堂,吴波和苏小梅立刻将门推上,他们的脸上充满了警惕。

"怎么了?"杜发问道。

"刚才在石洞后面,苏小梅发现了这个。"吴波拿出一个黑色的布袋,里面有一本日记。

这时候,欧阳坤敲开了门。

"怎么了?"雷良有些生气地看着他。

"柳飘红来了,她带了个人来找桑柔。"欧阳坤说道。

"让他们走吧。桑柔已经离开了。有什么,让他们找高成。"雷良摆了摆手。

"可是,还有一个人。"欧阳坤往前走了走,"乔五跟他们一起来了。"

"你是说鬼医乔五?"旁边的杜发一听,站了起来。

12. 巫术之国

高成找到了苏小梅。

深夜造访,难免有些唐突,不过事关命案,高成也顾不了那么多。

对于高成的到来,苏小梅倒显得很热情。也许常年不与外人交往,居住在阴暗的棺材铺里,有新朋友来,自然感觉不一样。

高成开门见山,说起了他带着桑柔遇见雷良和杜发的事情。他希望苏小梅能跟他详细讲一讲当年到底发生了什么事情,为什么雷良的情况看起来要比他们严重很多。

"那是因为雷良是被守灵猫咬伤的。"苏小梅说出了原因。

"守灵猫?"高成第一次听到这种东西。

"其实我们之前也不知道,当初我们在吴家村遇到一个生存者叫孙子康,他是一名医生,和其他人走散,躲在吴家村祠堂。半夜的时候,我们遭到一群野猫的袭击,孙子康去追踪那些野猫失踪了,雷良被那群野猫的领头咬伤了脖子。本来以为只是普通的咬伤,结果我无意中发现孙子康留下的日记,这才搞清楚了一些事情。"苏小梅叹了口气,讲起了日记的事情。

苏小梅本来想找医药箱给雷良换下纱布的,结果走进那个石像背后却发现了一个陌生的黑包,于是她将包拿出来打开一看,发现里面是一些资料和一个日记本,日记本的扉页写着孙子康的名字。

好奇心让苏小梅打开了日记本,看了里面的内容,她才知道,原来孙子康并不是什么医生,日记里详细记载了孙子康来到吴家村的秘密。

"天降玄鸟,降而生商。"

商朝经过五百年,末代之王帝辛于牧野之战被周武王击败,商朝灭亡。

灭商之前,周武王率领的攻商八国之首就是古庸国。

古庸国曾经辉煌一时,他们注重巫文化,各方面情况良好。传闻颛顼即为古庸国国君,他在临死之前传给下一代国君一本颛顼神书。如果能得到这本颛顼神书,那么就能找到人类造字起源的秘密。

孙子康其实是在国外留学的专家,不过是研究中国汉字文化的。在一次拍卖会上,他认识了一个古董商,这个古董商向他透露了颛顼神书的事情。本以为是传说,但是孙子康却经过大量的史书考证,发现颛顼的确和古庸国有分不开的关系,并且颛顼造字,有很多漏洞。所以有一本颛顼神书,肯定不足为奇。

于是,为了寻找颛顼神书。孙子康和几个朋友一起回国,经过多方打探,最终,他们锁定了吴家村后面的吴林山。

古庸国当初推崇的是悬葬,所以吴林山层层叠叠,从古至今不知道有多少断层断崖,而神秘的古庸国国君的棺木可能就隐藏在这些断崖的某一层。

孙子康一行人来到吴家村,在这里他们获得了吴家村村民的信任,然后上了后面的吴林山。在经过半个月的勘察后,他们终于找到了一个隐藏在断崖上的陵墓。让他们没想到的是,陵墓里的机关太多,加上他们不懂墓葬的方法,将里面的一只守灵猫放了出来。

中国的通俗说法,守灵的时候是千万不能见到猫的。因为猫属阴,如果让猫跳过尸体,会引发诈尸。也有的说,是因为猫是一种什么都吃的动物,如果防护不好,会对尸体造成伤害。

可是,也有的人认为猫有九条命,如果能驯服作为守灵者,可以千年不死。尤其是有一种猫,专门用来守灵,历史上都很少记载。

古庸国本是巫术之国,国君死后除了陪葬品外,还专门养了几只守灵猫。

孙子康一行人并没有料到守灵猫的厉害,他们在打开一个陵墓的时候,放出了一只守灵猫。

结果,那只守灵猫对他们进行了攻击。一行人,除了孙子康,其他人都遭到了不测。

孙子康本以为这件事情过去了,可是没想到那只猫竟然下了悬棺层,来到了吴家村。

村里的人遭到了袭击,虽然将那只守灵猫打跑了,但是却有人被守灵猫咬伤,然后开始发狂。

这就是疯尸病的真实原因。

在遭遇到疯尸病的情况下,孙子康第一时间向外求助,没想到换来的是对整个吴家村的封村隔离。

孙子康在吴家村观察了一下,凡是感染了疯尸病的人,会在五个小时后发狂,攻击别人,那是病毒侵入了脑子里面而做出的无意识攻击。但是这种无意识攻击只会持续十分钟,十分钟后,被感染的人便不会再攻击人,只是身体会发生一些变化。

"所以感染者的前五个小时是疯尸病的传播时间。"

看完日记,苏小梅的目光落到了雷良的身上。

雷良是被野猫攻击的,显然那不是普通的野猫,而是守灵猫。也就是说,五个小时后,雷良会做出无意识的攻击动作。

如果不果断处理,雷良要是攻击大家,估计没有一个人能躲开。

所以苏小梅立刻让吴波将外面的杜发和张若婷喊了回来。

听完苏小梅说的日记本里的事情,所有人都沉默了。

"那你们先把我丢在这里吧。五个小时后我们再汇合,如果我没事的话。"雷良听后,说出了自己的看法。

"不行,万一再发生其他事呢?"张若婷第一个反对。

"可是如果雷良到时候控制不住自己的话,我们会全部被感染的。"聂丽丽说道。

六个人里,雷良的身体素质最好。的确,如果雷良发起狠来,其余五个人根本不是他的对手。

夜色阴凉。

祠堂里的每个人心事重重。

13. 恩　怨

欧阳坤说得很清楚,桑柔的确来过,但是已经被高成带走了。

"既然如此,那么就不打扰了。"柳飘红相信欧阳坤的话。

"能请乔医生等一下吗? 我们老板有件事想问他。"欧阳坤说道。

"是谁要见我? 难道竟然有人认识我?"乔五涨着脸大声问。

"乔医生,你还记得我吗?"雷良走了出来,他的身后跟着的是杜发。

"你竟然还没死?"乔五看到雷良,不禁叫了起来。

"乔五,怎么上来就咒我死呢?"雷良笑了笑,扬起了头。

"可惜我答应他帮他女朋友看病,要不然,我真想看看你现在的身体是什么样。"乔五捋了捋胡子,指了指叶平。

"哦,我很好奇,他用什么办法说动你的? 想当初,我用尽办法都没有得到你一丝同情。如果不是你哥哥乔三的话,恐怕我现在还不知道是什么样子。"雷良说道。

"真没想到,你竟然说服我哥帮你看病?"乔五摇着头,一副不相信的表情。

"乔三给我看病可不是白看的,唉,说来话长。对了,我听你说你要帮他女朋友看病,不知道他女朋友得的什么病?"雷良叹了口气,目光落到了旁边的叶平身上。

"她女朋友和我们一样,感染了疯尸病毒。不过庆幸的是,时间不算太长。"杜发接口说道。

"什么?"乔五听完杜发的话,惊叫起来,他看着叶平问,"小子,你女朋友感染了疯尸病毒?"

"是的。"叶平点点头。

"你怎么不早说? 这病我看不了,这病我看不了。"乔五一听,连连摆手。

"乔五,你不是已经答应我了。"叶平愣住了。

"我看不了这个。"乔五一脸苦笑。

"你说过这世上没有你看不了的病。"叶平说。

"不错,可是疯尸病毒不是病,总之我不会看这个。"乔五一跺脚,转身向外面走去。

"乔先生。"柳飘红立刻追了出去。

"你怎么没有走呢?"雷良看着叶平问道。

"他都说了不会帮我看了,我又何必追出去。"叶平看着雷良。

"叶平,桑柔已经离开了,你回去吧。"杜发说道。

叶平点点头,他犹豫了一下,对着雷良问道:"你是不是有办法?"

"为什么这么问我?"雷良有些意外。

"乔三不是帮你看过?"叶平说。

"我们情况不一样,乔三给我看病确实救了我的命。但是我付出的代价要比性命更大。如果可以,我宁愿选择乔三不救我。"雷良声音颤抖地说道。

"无论如何,我都会救我女朋友。"叶平目光坚定。

这时候,柳飘红从外面走了进来,她走到叶平面前,轻声说道:"叶先生,我们走吧。"

叶平点了点头。

看着叶平和柳飘红离开,雷良说话了:"看来聂子飞确实有一些手段。"

"那我们要不要跟警方合作呢?"欧阳坤问。

"不,先不要。"雷良摇了摇头。

"为什么不告诉乔三乔五的下落?"杜发问道。

"神鬼医生就算合力也救不了桑柔。"雷良扬了扬嘴唇,露出一个诡秘的笑容,"因为桑柔感染的根本不是疯尸病毒。"

"你说什么?"杜发愣了下。

"你还记得当初在祠堂,为怕我被病毒感染后攻击你们,最后你们将我困在石像里的事情吧?"雷良问道。

"记得,我当然记得。当时虽然你一再坚持让我们把你送到外面,可是最终大家还是舍不得。后来吴波提了个请求,将你绑着,放到了石像后面。这样既能避免你到外面被伤害,又能等你发病的时候控制住你。"杜发点点头。

"不错。"雷良点了点头,"我走进石像里面,很快就感觉浑身发凉,四肢不受控制了。整个人仿佛被注射了麻醉剂一样,脑袋昏昏沉沉的,最后竟然睡着了。等我醒过来的时候,天已经亮了,我从石像里爬出来,发现你们都已经不在祠堂里面了。"

"是的,你昏迷的这段时间,发生了很多事。那个晚上,对于我们来说真的是一个噩梦。"杜发叹了口气,他的眼前又出现了那个晚上的事情,虽然已经过去了二十多年,但是想起来却仿佛依然发生在昨天。

雷良被安置好后,已经快天明了。

地上的火有些小了,眼看着就要灭了。

无奈之下,杜发决定出去找一些柴火。

虽然外面危险重重,但是如果不找干柴的话,里面的火会很快灭掉。到时候,外面那些虎视眈眈的野猫肯定会冲进来。

杜发端着枪,小心翼翼地走出了祠堂。之前漆黑的对面也渐渐能看清楚了,他隐约能够看到不远处蹲伏着的野猫。

杜发快速捡了一些木柴,然后回去了。

回到祠堂里,杜发将那些木柴放到火里。很快,火重新旺了起来。但是不知道为什么,在火里有一种奇怪的味道。

那个味道类似于什么花的香味,但是又带着淡淡苦味。坐在火边的几个人,很快开始昏昏欲睡。

杜发是最后一个睡着的。他一开始以为是自己太累了,后来才感觉到可能是自己从外面找到的那些木柴有问题。他用尽力气将其中一根燃烧的木柴从火力扒拉出来,那种香味越来越浓烈。

最后,杜发也昏了过去。

等到杜发醒过来的时候,他发现自己和其他人已经被绑在了一起。他们被困在一个陌生的小屋里面。

杜发大声喊了喊其他人,慢慢地,其他人都醒了过来。

大家用力挣扎着,可是根本没有用。

这时候,一个戴着面罩的黑衣人走了进来,他的到来,让杜发他们彻底明白了自己的处境。

14. 生死签

"黑衣人?是雷良吗?"高成问道。

"不,肯定不是雷良。当时雷良应该还在祠堂里面。从身高和体型上看,他也不是雷良。"苏小梅说道。

"那他是什么人?他对你们做了什么?"高成明白了过来,继续问道。

"他要我们抽生死签。"苏小梅嘴角哆嗦了一下,说道。

生死签。

黑衣人说出这个词的时候,所有人都愣住了。

"每天抽一次,一人一根签,抽到生的人继续活下去,抽到死签的人将会被带走。"黑衣人解释了一下。

"那抽到死签的人会死吗?"聂丽丽问了一句。

"不一定,那要看你的造化。"黑衣人摇摇头。

第一次抽签,抽到死签的人是张若婷。

黑衣人将张若婷带走了。

那是最后一次见到张若婷,苏小梅只记得临走前张若婷对他们笑了笑。

门被关上了。

剩余的四个人开始聊天。

"这个黑衣人会是谁?为什么要让我们选这个生死签?"第一个提出疑问的是聂丽丽。当然,她的疑问,也是其他人的疑问。

"你们说,会不会组织让我们来这里另有隐情?"吴波问道。

"不是说找相机的吗?"杜发说。

"肯定不是找相机。孙子康都说了,哪有什么相机。我看我们就是替死鬼,来这替后面的人探路的。"苏小梅联想到发生的事情,脱口说道。

很显然,现在发生的事情已经超过了他们知晓的范围。最开始以为只是来寻找相机,可能会遭遇感染疯尸病病毒的村民,可是进入祠堂后,遇见了孙子康。孙子康的日记却提出了一个新的问题,他们除了要面对被感染的村民外,还有那一只从墓陵里跑出来的守灵猫。

现在,他们却又要面对抽取生死签来确定下一步。

"为什么是我们?雷良为什么没有被抓来?"吴波说话了。

"要么是他们没有发现雷良,要么就是雷良不符合抽生死签的资格。"苏小梅说道。

"雷良被那只猫咬了,也许因为这个他不符合要求。"聂丽丽说道。

"对方究竟要我们干什么呢?"杜发挣扎着身体,试着解脱下身上的绳子,可是绳子浸过水,根本没有办法挣脱。

"恐怕现在只有张若婷知道了。"吴波叹了口气说道。

"对方究竟让你们做什么?"高成忍不住,打断了苏小梅的叙述。

"我只能讲下我自己抽到死签发生的事情,其他人的我真的不知道。"苏小梅摇摇头说道。

高成没有再说话,满眼期待地看着苏小梅继续讲下去。

苏小梅抽到死签的时候,聂丽丽已经离开了。

"无论如何,都要活下去。"杜发对着苏小梅大声喊道。

苏小梅被两个黑衣人拖着,她的整个身体都已经瘫了。她感觉自己仿佛是一个即将被行刑的死刑犯,等待着死亡。

苏小梅被戴上眼罩,拖出了那个小屋。

死亡并不可怕,从家里出来的那一刻,苏小梅已经决定了这件事情,无论如何都不会退缩,即使遇到生命危险也不会放弃。

两个黑衣人拖着她坐上了车,向前开去。

"我们要去哪里?"苏小梅问了一句,看着她的两个人却一语不发。

没有人回答她,仿佛旁边坐的是聋哑人。

几分钟后,她感觉自己被带到了一个空旷的地方,四周的风呼呼地刮在身上,她感觉浑身哆嗦。

身边的人将她按跪在地上。

"你们要做什么?"苏小梅的心一下子剧烈跳动起来。

她的眼前出现了一幕画面,那是之前参观执行死刑的现场。罪犯跪在地上,身后的警察端起枪,一枪过去,罪犯当场毙命。

没有人回答她的问题。

"你们要做什么?"苏小梅倏地站了起来,身体摇晃着,生怕后面有子弹打过来。

"老实点。"这时候,身后冲过来一个人,一把将她按在了地上。

"你们要干什么?要枪毙我吗?我没有犯罪,我没有!你们到底是谁?"苏小梅叫了起来,心里的恐惧化作语言,全部喷了出去。

旁边的人将她眼罩取下来。

苏小梅眯了眯眼睛,眼前的情景渐渐清晰起来。她发现自己又回到了祠堂外面,因为是白天,所以视界比较空阔,前面不远处是之前让他们担惊受怕一晚上的小树林。她转头往后看了看,除了黑衣人外,还有一个人,竟然是孙子康。

"孙子康,是你?"苏小梅叫了起来。

"我这个人吧,就是对女人心软。受不了女人的叫喊,聂丽丽比你爽快多了。"孙子康摇着头说道。

"你要做什么?你对她们做了什么?"苏小梅惊声问道。

"生死签,抽到死签,当然得死了。"孙子康两手一摊,无奈地说道。

"你到底是什么人?为什么要骗我们?"苏小梅问道。

"问那么多做什么?给你两条路,一枪毙命去见阎王爷,还有就是看到前面的小树林了吗?"孙子康指了指前面的小树林。

"然后呢?"苏小梅问道。

"只要你能在里面拿到一个黑色的盒子,你们就可以离开这里。"孙子康笑了笑说。

"什么盒子?"苏小梅实在不明白。

"到了那里,你自然会知道。好了,我不和你废话了,你的同伴还等着抽签呢,一路走好,苏同志。"孙子康说着对苏小梅敬了个礼,然后挥了挥手。

旁边的两个黑衣人走了过来,他们手里拿着枪,对着苏小梅。

"我选,我选去那里。"苏小梅没有犹豫。

"唉,真是的。为什么就没有人直接选择去见阎王爷呢?要知道,那里比起阎罗殿,何止恐怖那么简单。人啊,总是太自以为是。"孙子康摇着头往前走去,边走边说,"送她过去。"

苏小梅被两个黑衣人架了起来,然后向那片小树林走去。昨天晚上,她亲眼看到雷良被那里冲出来的守灵猫攻击,以及杜发和张若婷过去经历的恐怖事情。

那里究竟是什么地方?

苏小梅感觉自己即将走进地狱。

不,如同孙子康所说的,那里比地狱更加恐怖。

15. 家 事

叶平重新回到了聂子飞那里。

一路上,乔五没有说话。可能是因为他觉得没有办法治疗桑柔的病,所以对于叶平的事情,也没有再说。

柳飘红给聂子飞讲了一下情况。

车子到了地方,乔五离开了。叶平想说什么,最终没有说出口。

"走吧,聂先生有话跟你说。"柳飘红说道。

"我想见桑柔。能不能麻烦你去接她一趟?"叶平想了想说道。

"好的,我马上去。"柳飘红点点头。

叶平走进了宅子的正堂。

聂子飞站在中间,正在看一幅照片,照片是黑白的,上面是一个二十多岁的女孩和一个十几岁孩子的合影,两人都笑得很灿烂。

叶平走了过去。

聂子飞将照片放到中间桌子上,示意叶平坐下。

叶平看到聂子飞的眼里含着泪。

"这是我姐。"聂子飞指了指照片。

"很漂亮。"叶平说道。

"这是和姐姐唯一的合照,没想到成了永诀。"聂子飞说着微微低了低头,鼻翼抽动。

"也许她在某个地方等着和你团聚。"叶平不知道该怎么说。

"对,我一直这么认为。所以坚持到现在。"聂子飞从口袋里拿出了一根烟递给叶平。

叶平摆了摆手。

聂子飞点着了烟:"姐姐比我大十五岁,她离开家那一年,我在学校。回到家里后,父亲拿出了她留下的信才知道她做了一个这么大的选择。当时家里去她在的单位找,甚至还去派出所找过,可惜被安置回来。一个月后,家里接到了她为国殉职的消息。"

关于聂丽丽的事情,叶平知道一点点。除了聂丽丽,张若婷也失去了踪迹。整个计划里面,除了叶平的父亲吴波外,其余人都遭受到了不同程度的伤害。苏小梅、杜发和雷良感染疯尸病毒,生不如死。

"为国殉职,怎么殉职? 尸体在哪里? 做了什么? 一无所知,真可笑,可笑至极。"聂子飞狠命地抽了几口烟,"当时父母思想比较传统,认为一切都是国家的机密。其实后来我才知道,姐姐之所以参加这个异人计划,完全是因为其中的一个人,她喜欢的一个人。"

"什么?"这一点倒是叶平没有想到的。

"她喜欢的人就是你的父亲——吴波。"聂子飞将手里的烟掐掉,叹了口气。

"我父亲?"叶平惊叫了起来,"其实,其实他是我养父。"

"我知道。这件事自然怨不得你父亲,因为你父亲根本不知道我姐喜欢他的事情。我之所以知道,是看了她留在家里的日记。"聂子飞说着看了看桌子上的照片,眼里全是悲伤。

对于养父,叶平一直心存愧疚。他曾经一直认为父亲是因为自己才没有结婚成家,后来他才知道了父亲曾经的经历。六个人进入吴家村,只有他一个人安然无恙地回来,但是这并不是什么好事。

"大学毕业后,我的父母因为姐姐的事情郁郁寡欢多年,先后离世。母亲临死前,拉着我的手,希望我能找到姐姐的下落,说如果她死了也没关系,将她的尸骨带回来,安葬到聂家的墓园。所以我生活的唯一目的便是寻找她。我将家里的财产变卖,花了很多工夫,最终找到了一些线索,可惜并没有直接有用的线索。"聂子飞说着站了起来,"我曾经去明安精神研究院找过你的父亲,他的病自然是装的,为的是躲避一些事情。"

"他之前为苏小梅看过病,所以逼不得已去了精神研究院。"叶平点点头。

"原来如此。"聂子飞恍然大悟,"怪不得当时他不愿意告诉我其他人的情况,他只给我讲了自己的事情。现在想来,他是为了保护其他人。"

"所以你知道我的事情?"听到这里,叶平忽然明白了过来。

"不错。"聂子飞点点头。

"我曾经问过他很多次,他从来不跟我说。为什么会跟你说呢?"叶平有些不解。

"其实很简单,他知道自己总有一天会出事。所以希望有些东西不会被永远埋藏。你的身世,他找了神医乔三对你进行了记忆封存,乔三封闭的记忆,这世界只有乔五能够破解。所以我才将乔五请来,用各种他喜欢的东西诱惑他,为的就是帮你解封记忆。"聂子飞说道。

"原来是这样。"叶平听得心里一暖,感激不尽。

"我接到你父亲去世的消息,虽然很想去他的追悼会上看看,但是实在心里矛盾。最后,我只好托人将你带到这里来,为的是希望能帮你解开封闭的记忆。当然如果你不愿意的话,我也不勉强。"聂子飞说道。

"不管如何,我先帮你打开你说的那个盒子吧。"叶平觉得实在有些愧疚。

"不,那个盒子牵连着你的记忆。说白了,你的父亲将打开这个盒子的秘密藏在了你十岁之前的记忆中,然后将它封闭。所以你必须打开封存的记忆才能打开盒子。当然,这个盒子里的秘密也关系着我姐的下落以及当初他们几个人在吴家村发生的事情。"聂子飞说出了原因。

"父亲把秘密锁在了我的记忆中?这样都可以吗?这不可能吧,这不现实的。"叶平一听,立刻摆了摆手。

"这没什么的。因为只有这样,才是最安全的。"聂子飞说道。

"你说的那个盒子到底是什么东西?"叶平忽然对那个盒子特别好奇。

"来,我让你见下。"聂子飞说着站了起来。

叶平的心不知道为什么,忽然跳得很厉害。

聂子飞带着叶平走进了旁边的房间,在保险箱前,聂子飞输入密码,取出了一个黑色的长形盒子,然后放到了叶平的面前。

盒子似乎是某种木头制成,散发着淡淡的香味,上面雕刻着各种花纹,仔细看看,那些花纹组成了各种灵兽仙鸟,盒子的两边微微往上翘,四个角上雕刻着四个怪异的神兽,仰望着上空。

"你觉得这个盒子像什么?"聂子飞问道。

"棺材。"叶平脱口说道。

16. 夺 盒

小树林里面,阴风四起,怪鸟乱叫。地上全部是枯黄的落叶,偶尔有不知名的虫子爬上来,若无其事地停在地上。

两个黑衣人跟在后面,端着枪对着她。

苏小梅小心翼翼地向前走着。大约走了几分钟,前面的路变成了下滑陡坡,苏小梅一不留神,整个人滑了下去,栽到了下面的大坑里。她这才发现,大坑是人工挖好的,大坑的前面有一个仅容一人进出的入口,旁边零零散散地放着几个工具箱。

黑衣人站在大坑上面,依然没有离开,并且示意她走进入口。

苏小梅只好从工具箱里取了一个手电和一根铁棍,走了进去。

之前苏小梅并不知道入口里有什么,她拿着手电照着前面,每一步都走得战战兢兢。进去后,却发现聂丽丽蹲在前面不远处,浑身颤抖。

意外见到同伴,苏小梅高兴坏了。她立刻走了过去。

聂丽丽看到苏小梅却并不高兴,反而充满了恐惧,她颤抖着说:"你怎么也来了?你也抽到了死签?"

苏小梅点点头:"这里是什么地方?张若婷在这里吗?"

"我没看到。"聂丽丽摇摇头说道。

"里面是什么地方?"苏小梅问道。

"我刚才去看了看,里面有一道门,门后全部是鬼。"聂丽丽说着又哆嗦起来。

"鬼?什么鬼?"苏小梅听到鬼这个字,也害怕了。

"你去看看就知道了。那个盒子就在那群鬼中间,如果过去拿,肯定会被那群鬼攻击的。"聂丽丽说道。

两人正说着,外面传来了一阵脚步声。

"谁?"苏小梅拿着铁棍警惕地看着外面。

进来的人是杜发。

不用说,杜发也抽到了死签。

"你们都在!"杜发惊喜地看着他们。

"吴波呢?他抽签了吗?"聂丽丽问了一句。

"不知道。我抽完签后就被他们带到了这里。里面什么情况?"杜发毕竟是男的,神情比较镇定。

"孙子康让我们找的那个盒子就在里面,不过四周好多鬼。"聂丽丽说道。

"什么鬼?是不是感染了疯尸病的村民们?"杜发问道。

"对呀,我怎么没想到,一定是那些失踪的村民。"聂丽丽恍然大悟。

"走,我先去看看情况。"杜发说着走到了前面,他也从工具箱里拿出一个手电,照着前面。

没走多远,他们看到了T字形的回廊,面对的方向两边都是浮满尘灰的壁画。那些壁画上面什么东西都有,飞鸟禽兽、楼台庭院、城楼宫殿……尤其是在宫殿的后面,还雕刻了完整的山川远景,简直是一个完整的现实世界。

杜发拿着手电一步一步将壁画上的内容看了一遍,然后走到了回廊的中间,那里有一扇石门,正对着他们。石门微微开着,有灯光从里面透出来。

"东西就在里面。"聂丽丽轻轻说了声,"透过门缝就能看到。"

杜发凑了过去,果然,从门缝里,可以看到里面有很多人,他们确实像鬼,看起来仿佛是被什么东西控制着一样,身体来回动着。孙子康说的那个盒子就在那些人中间的高台上放着。

很显然,如果直接过去,肯定拿不到。

"孙子康他们有枪,为什么不进去拿呢?"苏小梅问道。

"你们看那个高台是用很多玉石堆起来的,如果稍微惊动那些盒子旁边的人,可能会被他们撞到,然后顷刻间将旁边的高台撞散。现在看来,盒子里的东西一定很重要,要不然,孙子康也不会这么费劲让我们来取。"杜发分析了一下。

"可是那个盒子附近都是人,我们直接过去,肯定会被攻击的。"聂丽丽说道。

"正是因为这样,孙子康才让我们过来。"杜发叹了口气说道。

"这可怎么办?难道我们就这样被困死在这里?"苏小梅看着门缝里面那些来徘徊的人说道。

"你们还记得我们为什么会被选中来这里吗?"这时候,杜发突然问了一句。

"说是我们的血型和普通人的不太一样。"聂丽丽说道。

"对,田奎说我们几个人里面应该有疯尸病的血清抗体,所以我们才会被选中来到这里。如果是这样的话,我觉得即使被那些人咬伤,我们也可能不会有事。这样,我先进去看看,如果这个办法行不通,你们再想别的办法。"杜发提出了一个意见。

"这怎么行?现在就剩下我们三个人了,我们还是看看有没有其他办法吧。"苏小梅一听,连连摆手。

"要不然只能一个人引开那些,其余的人想办法去拿盒子。这种办法要我们三个人一起上,只不过如果失败的话,可能我们三个人都会陷进去。"杜发说道。

"那也好过我们一个一个陷进去。"苏小梅比较赞同第二个办法。

"那好,我去引开他们,你们跟在我后面伺机去取盒子。"杜发安排了一下分工。

聂丽丽和苏小梅还想说什么,最终没有说出来。这个时候,他们三个人之间,很显然杜发是引开那些人的最佳人选。

三个人从门缝里依次进入里面,进去后才发现,里面亮着的灯竟然是旁边灯台上的万年灯,要是放在平常,苏小梅肯定会去看下原因,但是当时的情形比较严峻,每个人根本没有心思去想其他事情。

按照计划,杜发冲过去,用最大的声音将那些徘徊在盒子附近的人吸引到旁边。趁着那些人骚动,苏小梅和聂丽丽从后面快速绕过去,然后来到那个玉石供台上面,苏小梅伸手去抓那个黑盒子。

"喵",突然,一个猫叫声从后面传过来,那只守灵猫以最快的速度向苏小梅发动攻击。

苏小梅吓得往后退了两步,脚下一绊,坐到了地上。

这时候,距离苏小梅不远处的人突然转过了头,目光落到了苏小梅的身上。然后,其中一个人快速向苏小梅扑过去……

17. 鬼　葬

叶平说得没错。

聂子飞让他看的那个盒子就是一个棺材。

关于这个棺材,聂子飞简单说了一下。

从古至今,人类对自己的死亡留下了一个不可磨灭的"定理":虽然人死不可复生,但可一律归天。当然,这是一种迷信的说法,如果以科学的客观说法来解释归天"定理",则是人们的一种心灵愿望——虽人死不复生,但他的精神形象,却永存在他人的心灵当中。人们为了将这种心灵感受以有形的方式予以表达,就对死者的尸体进行安置,即安葬。人们为了让死者到另一个世界过得更好,就为死者准备了华丽的棺材。

不过,像这么小的棺材,叶平还是第一次见到,之前更是闻所未闻。

"二十三年前,我姐他们几个人去吴家村,后来遭遇一些变故,最终只拿回了这个东西。这些年,我找过很多人,想要打开这个棺材盒子,但是都没有成功。后来我见到了一个知晓内情的人,那个人告诉我,如果要打开这个棺材盒子,必须找到古庸国巫师的转世神童。"聂子飞拿着那个棺材盒子说道。

"古庸国巫师的转世神童?你之前说我可以打开,难道说我是这个什么转世神童?"叶平突然明白了过来。

"对,如果我所料不差的话,你就是打开这个盒子的人,同时也是古庸国的巫师转世神童。"聂子飞点点头。

"这不可能吧?我怎么和古庸国扯上关系了。你一定搞错了。"叶平摇了摇头。

"你之前的记忆被封存,正是吴波在保护你。一切真相就在你的记忆中。只有你能打开这个盒子。"聂子飞坚定地说道。

"可是,怎么打开呢?这会是一个潘多拉魔盒吗?"叶平盯着眼前的盒子,父亲千方百计将自己的记忆封存,为的是保护自己,现在他要解封吗?

"这关系着我姐的下落,还有你父亲的死亡,很多人的命运都在这个盒子里面。如果你愿意,会帮到很多人。当然,如果你不愿意,我也不勉强你。我会想其他办法来打开这个盒子。"聂子飞说道。

"让我考虑一下。"叶平沉思了片刻说道。

回到家里,叶平没有睡。他给桑柔打了个电话,但是没有打通。于是来到了书房,书柜里大部分都是父亲喜欢的书,都是一些很旧,甚至都已经泛黄的书本。之前叶平从来没有仔细看过这些书,也许是因为聂子飞的话,也许是因为最近发生的事,他打开书柜,从第一行开始逐一查阅那些书。

大部分书的内容都和父亲之前的职业有关,偶尔也有一些九十年代初的小说作品。叶平看到第三行的时候,忽然发现一个日记本,里面的内容大部分是一些报纸和书本的剪集内容。

其中有一页内容吸引住了叶平。那是从一九五四年三月的一份报纸上剪下来的,内容的名字是《鬼葬》。

叶平仔细阅读了一下,是介绍中国的一些比较奇怪的下葬风俗。其中提到了古庸国的悬棺葬礼之谜,说在古庸国里其实分为两种规格的葬礼:一种是悬棺,一种是鬼葬。所谓鬼葬,是指国内的巫师或者祭司死亡前,会用一种神秘的葬术来安排自己的后事。

据说,古庸国有一种神秘神术,巫师在死亡之前,可以将自己的元神封存在一个特制的盒子里面。等到一定时期,就可以重新复活。

那份报纸还附了一张黑白照片,上面是一个长形盒子,和聂子飞的那个棺材盒子相差无几。

叶平往后面看了看,发现竟然是父亲的手笔。父亲对于那个棺材盒子显然更加了解,他写的内容更加详细清楚。

这种棺材盒子,古庸国人称为傩棺。傩,是一种原始祭祀,之前流传在国内一些偏远地区。古庸国人对傩文化也有一定的尊崇,在傩棺下葬的时候,参加葬礼的人都要跳傩舞,对死者表示极大的尊重。

根据历史资料考察,古庸国是一个巫术之国。巫师掌握着很多古庸国的巫术,而用傩棺鬼葬就是其中一种。因为巫师的地位在古庸国特别高贵,所以很多东西都被巫师带到了傩棺里。

原来这种东西叫傩棺。叶平这才明白过来,他把日记本往后翻了翻。在最后,竟然发现一张合影。

上面是父亲和一个穿着白大褂的人站在一起,父亲穿着干净的衬衫,笑容满面地看着前面,比起之前的照片精神很多,

叶平忽然觉得,父亲的背后真的隐藏了太多故事。也许真的像聂子飞说的一样,如果想了解所有的真相,只有让乔五帮忙解封之前的记忆,也许一切就真相大白了。

18. 僵尸病毒

苏小梅没有再讲下去。

高成大概也明白了后面的事情,苏小梅和杜发他们之所以感染疯尸病毒,想必应该就是在取那个盒子的时候遭到了袭击。

天已经大亮,折腾了一晚上的高成也感觉身心疲惫。他问了一下后面盒子的事情,但是苏小梅也没有再说。

高成知道,今晚苏小梅讲的这些内容其实已经是极限了。因为之前田奎问过很多,苏小梅都没有讲。

离开的时候,苏小梅喊住了高成:"今天的事情,不要对外说出去。你知道就好。"

高成明白。

从苏小梅那里出来,高成回家了。自从妻子离开后,高成一直一个人住。几天没回来,家里变得乱糟糟的。他简单收拾了下,躺到了沙发上。脑子里开始梳理这些事情的来龙去脉。

二十三年前,苏小梅他们六个人进入吴家村,组织上布置的任务是寻找

一个丢失的相机。可是当他们进入吴家村后却发现不是那么回事,尤其是遇上一个神秘的孙子康。当天晚上,他们遇到了守灵猫以及怪异的袭击,孙子康说吴家村的后面有古庸国旧迹古墓,守灵猫正是看守陵墓的神兽。

然后守灵猫攻来,孙子康失踪,雷良受伤。最后他们集体晕倒,醒来发现被神秘人绑住,抽生死签。最后来到了古庸国的古墓里,为了拿走盒子,被疯尸病感染者攻击。

这是苏小梅的叙说,当然还有很多疑问。比如雷良去了哪里?吴波抽到的是生签,所以安然回来了?还有他们最终拿到了那个盒子吗?

高成知道,苏小梅能给自己讲这些已经很难得,所以他也没有再去追问。

事情回归到命案上,赵曦和秦树德的案子还没有什么眉目。如果说他们并不是苏小梅他们杀的,那么会是谁呢?很显然,赵曦和秦树德的死与疯尸病脱不了干系。还有桑柔,显然也是因为疯尸病的关系,只不过她并没有被杀。包括吴波的死,隐隐约约将这些事情串联到一起。

究竟幕后黑手是谁?他的动机又是什么呢?

会是消失的聂丽丽和张若婷吗?

高成觉得所有的事情如同一张巨大的网,将他和二十三年前这些人全部捆在一起。当然,在这张网里,除了他以外,还有吴波的儿子叶平。

这些东西让高成的脑袋有些发胀,他用力揉了揉太阳穴,尽量让自己的思绪安定下来。他需要好好休息一下,因为即将面临的也许是更大的挑战。

这一觉,高成睡到了下午。

睁开眼,他感觉精力充沛,浑身充满了战斗力。拿起手机看了一眼,除了张一波打过一个电话外,并没有其他事情。

高成起来收拾了一下,感觉肚子特别饿,于是给张一波回了个电话。

"先别说做什么,陪我吃饭。老地方见。"高成说完挂掉了电话。

高成和张一波约的老地方是张一波派出所附近的一家火锅店,以前他们经常来这里吃饭。老板是重庆人,为人热情,有时候高成和张一波喝多了,连钱也不跟他们要。

高成一天没吃东西,所以到那里就点了东西开吃。张一波进来的时候,火锅汤刚好煮得沸腾,高成边吃着羊肉边让张一波坐下来。

几口辣羊肉下肚,高成觉得浑身舒畅、神清气爽。

"找我什么事?"高成给张一波夹了点菜问道。

"关于桑柔的事。昨天送她回去,我路上和她聊了聊。回去后我便想了下,兴许她的病不是疯尸病呢?于是我让我女朋友向她老师问了下,嘿,没想到还真问出了点线索。"张一波说道。

"哦,孟佳吗?对啊,她好像是医科大学的高才生。"高成想起了张一波的女朋友的信息。

"对,孟佳的老师是美国一家生化研究中心的教授,这不和疯尸病有点关系?我便问了下,没想到孟佳问了她老师后说桑柔可能是被人下药了。"张一波点点头说道。

"下药?"这下高成有些疑惑了。

"是这样的。孟佳的老师说以前美国有一个私人研究所找了一些不法医生研发了一种病毒,就叫僵尸病毒。人吃了这种病毒药剂以后,就会得病,跟僵尸一样。后来那个私人研究所被查,那些医生也被带走了,那种僵尸病毒的药剂也不见了。桑柔的这种情况,跟之前服了僵尸病毒药剂的样子差不多。她给了我一个药方,让我去测试下。所以我才给你电话。"张一波说了一下具体情况。

"等等,孟佳的老师说以前美国有一个私人研究所研发了这种病毒?"高成拿着筷子愣在了那里。

"是啊。"张一波点点头。

"你让孟佳问下那是什么时候?还有那个私人研究所的医生都有谁?有没有中国人?"高成说道。

"好。"张一波不知道高成要搞什么,不过还是答应了他。

第三卷 破 谜

1. 命 运

夜，安城医科大学高级实验室。

整个世界一片安静，实验室里灯火通明，但是却只有一个男人在忙碌。他穿着一件隔离服，戴着口罩，全神贯注地盯着前面屏幕上的数字。

旁边几台电子仪器连着有一个透明玻璃罩，里面有一只黑猫和一只浅黄色的小狗。也许是因为被安排在一起，它们谁都没有动，也没有叫，瞪着眼睛看着彼此。

屏幕上的数字停了下来，男人的脸上露出一丝微笑。他拿起旁边的试管摇了摇，试管里的液体顿时变成了血红色。

"喵"，玻璃罩里的黑猫看到试管里的液体，突然发出了一声叫声，仿佛那是一条美味的鱼，深深吸引着它。

男人拿出一根针管，将试管里的液体抽进去，然后走到了玻璃罩面前。

那只黑猫站了起来，用力贴着玻璃罩，伸着舌头，舔着玻璃罩，目光死死地盯着男人手里装满红色液体的针管。

男人从玻璃罩上面，将针管刺进了那只小黄狗的身体里面。很快，小黄狗开始瑟瑟发抖，跟着发出一阵狂叫。

那只黑猫看着小黄狗的样子，身体慢慢往后退去，最后贴到了玻璃罩的最里面。

小黄狗的眼睛开始发红，露出了白森森的牙齿，身体用力地往前弓着，嘴里喘息着，然后冲着那只黑猫扑了过去。

玻璃罩里一片厮杀，很快那只黑猫被小黄狗撕咬得血肉模糊，最后躺在里面，奄奄一息。那只小黄狗的身上溅满了黑猫的血，尤其是嘴边和牙上，全是猩红的血。

男人立刻拿着另一根针管走了过来，透过玻璃罩顶端的细孔插了进去，刺进了小黄狗的身体里。

几秒后,小黄狗的身体慢慢平复了下来,眼里的血色褪去,恢复了之前的颜色,身体也瘫软了下来。尤其是看到眼前黑猫的样子,它的眼里露出了恐惧的神色,蜷缩着身体,呆滞地蜷缩在旁边的角落。

男人转头看着屏幕上的数字,眼里露出了兴奋的眼神,因为欣喜,他拿着针管的手都有些颤抖。

片刻后,男人小心翼翼地将前面的几支试管取下来,放到了一个冒着冷气的恒温箱里。然后,走出了实验室。

十分钟后,男人换上了一身干净整洁的衣服,戴着一副金边眼镜,拎着那个恒温箱来到了停车场,在一辆黑色宝马车面前,男人将那个恒温箱放到了副驾驶,然后启动了车子。

车子快速离开了停车场。正是午夜时分,街上人不多。男人踩着油门,快速转过几条街,最后来到了一座宅院前。

停下车,男人拎着恒温箱敲开了宅院的门。

宅院里一片漆黑,院子里长着黑色的树木,一根一根矗立着,犹如黑暗中的死尸。

男人吸了口气,向前走去。

走进宅院的大厅,里面亮起了微弱的光。阴冷的气息从四周窜出来,侵入皮肤,他不禁打了个寒颤。

"急着来这里,莫非有什么好消息?"黑暗中,一个女人的声音传出来。

"是的,老师,实验已经成功了。"男人恭敬地回答。

"抗体时间呢?"女人的声音有些颤抖,紧声问道。

"瞬间,几秒就好。"男人说道。

"太好了。辛苦你了。"女人说着从黑暗中走了出来,她穿着一条黑色的裙子,面容娇美,像是一朵冷艳的玫瑰,可惜眼里全是令人恐惧的寒意。

"老师,终于等到这一天了。"男人说着微微站直了身体。

"这空旷的宅子,终于可以离开了。"女人走到男人面前,伸手轻轻摩挲了一下他的脸,"你看,你都已经这么大了,我却还是这个样子。以前你跟我弟弟一样,现在,倒像是我哥哥了。"

"老师,你客气了。你还是那么漂亮,是我心里最美丽的女神。"男人说话间微微低了低头,喉结不自觉地动了两下。

"算算时间,你今年三十五了吧,该找个女人成家了。"女人叹了口气,转过了身。

"老师,我……"男人的话说了一半,停了下来。

"你别说了,我的命运从二十三年前开始就已经注定了。除了这孤零零的宅子,我唯一能接触的人就是你。你说,我这样的人,还有什么可以奢求的?"女人摆了摆手,重新走进了黑暗中。

"可是,我们已经成功了,抗体已经研制出来了,老师。"男人咬牙鼓足了勇气,走了过去,伸手从背后抱住了女人。

时间仿佛静止了。

黑暗中,两个拥抱的人。

可是很快,男人感觉自己的身体开始莫名地发冷,而源头自然是来自抱着的女人,他感觉仿佛抱着一块千年寒冰,冷气刀子般窜进他的身体里面,几乎要将他体内所有的热气都抽干。

"怎么会这样?"男人哆嗦着问道。

"我说过,我的命运早已经注定,你这又是何苦?"女人轻轻挣脱开了男人的双手,隐没在了黑暗中。

黑暗中,只留下男人呆滞的身体在瑟瑟发抖……

2. 解 封

叶平再次找到了聂子飞。

经过一晚上的深思熟虑,叶平决定接受聂子飞的请求,让乔五为自己解封记忆。当然,这也是他比较期待的东西。

在聂子飞的带领下,他们再次来到了乔五面前。

乔五对于叶平还是之前的态度,无论如何他都不会去解封叶平的记忆,因为他那么做就是跟他的哥哥乔三作对。

聂子飞说了很多,但是乔五就是不同意。

这让聂子飞他们有些尴尬。尤其是叶平,他站在一边不知道该说什么好。

"乔先生,如果我告诉你叶平的记忆里可能有你哥哥的消息呢?"这时候,聂子飞说话了。

"你说什么?"乔五叫了起来。

"我说你可以在叶平的记忆里找到困扰自己多年的答案。"聂子飞说道。

"这不可能的,绝对不可能。"乔五摇着头不相信。

"你应该也知道了,他的记忆就是乔三封的。我查过了,从那以后,乔三便失踪了。再也没有人见过他,仿佛从这世界蒸发了一样。所以在叶平的记忆里,一定有乔三的一些信息。"聂子飞说道。

乔五听完聂子飞的话,一把揪住了叶平的衣服,盯着他半天,然后恶狠狠地说道,"小子,算你走运。"

叶平躺到了一张床上,床头两边分别系着两个铃铛,他的手脚都被乔五绑了起来,他看着旁边忙碌的乔五,感觉自己顿时变成了一只待宰羔羊。

"好了,你出去吧。"乔五收拾好一切,对聂子飞说道。

聂子飞点了点头,走出了房间。

关上门,乔五走了过来。因为躺在床上,所以很多情况叶平看不到,只能凭着耳朵来听。乔五不知道拿了什么东西,叮叮当当的,仿佛是刀子和石头撞击一样。

"乔医生,什么时候开始?"叶平忽然有些紧张,不禁问了一句。

"现在开始。"这时候叶平才发现,乔五不知道什么时候站到了床后面,他的声音忽然变得低沉起来,随着声音低沉下来,整个屋子里仿佛也陷入一种低沉的气氛中。

床头的两个铃铛突然响了起来,整个屋子立刻弥漫起一个悦耳的声音,轻轻脆脆的,仿佛是异常盛大音乐会的开篇。

乔五在叶平的耳朵边轻声念着话,叶平想听乔五说的是什么话,但是却感觉有些听不清,眼皮子却重得抬不起来,昏昏沉沉的,感觉自己被人拉着往前走,眼前是一条长长的甬道。

耳边有水滴声,偶尔还有什么东西摩擦地面的声音。叶平感觉自己的双脚不受控制,一步一步往前走着,前面有一个细小的光点一点一点地扩大,最后变成一束光,然后光亮平复下来,他看到了一个入口。

走进入口里面,他看到了一个圆形空间,刚才的入口也不见了,四周多了五扇门,每一扇门都是暗红色,看上去一模一样,却又看着不完全一样。

灯光从头顶上打了下来,照射在五扇门上。

"闭上眼睛,选择自己最想进的一扇门。"耳边有人说话。

叶平闭上了眼睛,转身向前面走去,推开了其中一扇门。

"平儿,我们要离开这里。"一个女人出现在眼前,她的身边跟着一个七八岁的小男孩,空旷的公路上,小男孩紧紧跟着那个女人,夜色将他们一口一口吞噬。

死寂的村庄里,女人敲开了一户人家的门。

"什么?你们从哪里来的?快走,快走吧。不然,对你们不客气了。"一个咒骂声后,女人和小男孩被赶了出来。

冰冷的月光下,女人抱着小男孩坐在一堆枯草上,四周是肆虐的夜风。

"平儿,你要记得我们的家是被他们毁的,你爹也是被他们害死的。"女人在小男孩身边轻声说道。

"他们是谁?为什么要害死爹?"小男孩问道。

"他们是……"女人忽然抬起了头,眼睛直直地扫了过来。

叶平往后退了一步,顿时从那门里退了出来。

"他们是谁?他们是谁?"叶平忽然叫了起来,记忆回到了那个夜晚,母亲在他耳边哭诉,这扇门里是他跟着母亲逃离家乡的回忆,只是到了关键的时候中断了。

没有多想,叶平冲到那扇门旁边的门里。

光亮闪烁,刺眼过后,整个世界慢慢恢复了。

天空碧蓝,白云朵朵,地上鲜花盛开,几个小孩子在一起玩游戏。叶平看到了自己,他在中间,个子最矮,但是玩得最开心。

"平儿,吃饭了,回来吃饭了。"前面不远处,一个男人喊道。

"还要再玩儿会。"玩得起劲的叶平摇着头。

"今天有朋友来看爸爸,晚上有好吃的。"男人笑着走了过去,将叶平抱到了肩膀上,然后大步向前走去。

画面渐渐拉伸拉长,只能看到父亲和一个男人站在一边说话,他越想看清晰却越看不清楚。

光亮渐渐熄灭,眼前一片漆黑。

叶平从门里面慢慢走了出来。

"你能选择的越来越少,所以,请谨慎选择。"耳边传来了乔五的声音。

叶平微微低了低头,尽量使自己的情绪平复下来,他的记忆关系着聂子飞姐姐的下落,还有乔五的哥哥乔三的信息。

耳边渐渐没了任何声音,世界仿佛远离而去,叶平下意识地走向了其中一扇门里。

漆黑的夜里,火车迎面开来。

火车上,叶平看到了养父吴波,他坐在自己对面,手里紧紧护着一个盒子,眼神迷离。

人群拥挤,有人惊叫。

光亮突然灭了。

怪异的声音从四面八方传来。

叶平的心一下子跳到了嗓子眼里。

灯再亮起的时候,吴波已经拉着他离开了火车车厢。

恍惚中,他能看到车厢里到处都是躺着的人,而且空气中弥漫着一股血腥味。

吴波拖着他,在荒野中奔跑。叶平的手紧紧地被吴波拉着。

后面射过来几束灯光。

叶平看到自己在吴波的旁边瑟瑟发抖,最后竟然张口露出了牙齿,发出了低声的吼叫。

灯光晃过来,几名穿着军装的军人端着枪走了过来。

吴波站到了叶平面前,对着军人说了几句话。

然后,几名军人带着他们上了一辆车,开向远处。

记忆的闸门瞬间打开,犹如宣泄的洪水,将之前所有的阻拦都冲断,那些干涸已久的往事,终于复苏了。

叶平睁开了眼。

床边两个铃铛还在轻微震颤,乔五看到叶平睁开了眼,于是停了下来。

叶平坐了起来。

脑袋有些晕沉,但是他的记忆已经全部涌上来。

"一时间,会有些不适应。"乔五说话了。

叶平点点头。

"你需要休息一下。"乔五转身向前走去。

"你哥哥的情况我想起来了。"叶平说话了。

"是吗?"乔五愣住了。

"在我记忆被封存的一刹那,我听到了枪声,他,他遇害了。"叶平的声音低了下去。

3. 致命伤口

赵俊成来到法医部的时候,发现鉴定部里面围满了人,甚至也有其他部门的人在。已经是上午九点多,早该上班了,这些人都在干什么呢?

走进人群里面,赵俊成才发现一个四十多岁的男人正坐在鉴定台边,盯着显微镜,似乎在做什么实验。

看到赵俊成,旁边的人立刻闪出了一条过道。没有等赵俊成问,旁边的人告诉了赵俊成那个人的身份。

"他是丁小柔。"

丁小柔,安城最早的留学法医。赵俊成刚分到安城公安局的时候,丁小柔已经调到了省城法医部,赵俊成的师父之前遇到过的一些案子,在法医上的问题,还总托人到省城请教丁小柔。

怪不得,这么多人围观在这里,原来是丁小柔来了。

丁小柔抬起了头,然后站了起来。

"你好,我是安城公安局法医部负责人,赵俊成。"赵俊成走了过去。

"顾志国的学生?"丁小柔看着赵俊成,沉思了一下说道。

"是,是的,顾志国是我的老师。"赵俊成点点头。

"走,我们会议室谈下。对了,把高队长喊过来。"丁小柔说着往前走去。

高成推开会议室的门,一眼看到了丁小柔。上一次两人就是在会议室里简单交流了下,没想到这一次是丁小柔喊他。

会议室除了赵俊成外,任重也在。他们低头看着文件,只有丁小柔站在窗前,手里拿着一根烟,望着外面,似乎在想什么事情。

高成坐到了赵俊成旁边,发现他在看一份鉴定报告。

"丁主任,高队长来了。"任重冲着丁小柔喊了一下。

丁小柔转过了身,掐掉了手里的烟。

"丁主任。"高队长冲着丁小柔笑了笑。

丁小柔没有说话,走到了会议室的台上,上面有一台正在运行的笔记本,他按了一下,投影仪上出现了一份鉴定报告书。

高成这才看清楚,这份鉴定报告书的对象是赵曦。

"上一次我来安城出差,正好遇到了这里一起案子。"丁小柔说着点开了投影仪上的案件画面,那是之前几个小混混在酒吧被一个神秘人袭击的案件,其中一个小混混受伤比较严重,疑似被人咬伤脖子。

"这起案子正好和之前安城发生的两起吸血案件有关,于是我便带走了案卷,回到省厅进行了分析。经过比对调查,我发现赵曦的案件有一些不同。你们手里的文件是我刚做的鉴定报告,那是当时现场法医对赵曦脖子上面的伤口进行的鉴定,回来后法医对伤口进行了进一步检查,甚至还做了细菌培养调查。在细菌培养调查里面,找到了大量的酶成分。法医部的人应该熟悉,酶是人体机能的主要成分,人死后也是酶来吞噬细菌,腐烂尸体。通过这一点,最开始我们推测咬伤赵曦的人,牙上的酶成分超越了正常人的数值。也就是说,很可能不是一个活人。"丁小柔简单说了一下。

"难道真的是僵尸?"高成低声问赵俊成。

"确实很难解释这一点,因为如果赵曦身体的酶成分那么多,说明她早已经死了。"赵俊成说道。

"这个世上有僵尸吗?"丁小柔扶着讲台桌子,看着台下的人。

大家都没有说话。

"当然没有。"任重第一个说话了。

"对,我们是警察,一切要以事实为基础。"丁小柔点点头。

高成没有说话,他想起了苏小梅他们,也许他们并不能算僵尸,不过确实是超越了平常人的认知。

"如果不是僵尸,那么一定是人为,也许是我们想不到的方法。这个世界上,警察在学习知识,同样罪犯也没有懒惰。我仔细翻看了一下省城近十年的案卷,找了一下类似这样的案子,结果发现确实有相同的。不过那些都是简单的伤人案,并没有命案。所以各地没有把案子重视起来。而且,我发现二十多年前,在美国曾发生过一起类似于吸血鬼的大事件。"

这时候,高成的手机震动了一下,他低头看了看,是张一波发来的信息。

"孟佳的老师查过了,当时那个研究所里面的确有一个中国人,并且他在事发前跑回了中国,他的名字叫JACK,中文名孙子康。"

孙子康?是他?高成心里一震,差点叫起来。

"当时美国有一个私人研究所,老板是一个吸血鬼爱好者,自认为是吸血鬼德古拉的后裔,他花巨资请了一些非法医学研究者进行吸血鬼的研究,并且制造了一些药物,这种药物可以让人产生对血的渴望,并且害怕阳光,甚至攻击别人。不过好在这个私人研究所只存在了两个月,就被美国警方查获。因为这个例子,我感觉赵曦和秦树德的案子会不会也有类似的情况?于是我找朋友重新对赵曦的伤口资料进行鉴定,最后我们确定,赵曦的伤口应该是来自牙齿的磨具,并不是真人牙齿攻击。"丁小柔说完,在投影仪上放出了赵曦伤口的画面分析。

"你是说赵曦的伤口是人为的?"赵俊成脱口问道。

"不错,这点可以确认。只可惜秦树德的资料没有赵曦的完整,所以没办法进一步确认。不过可以确认,赵曦是被人为杀害的。至于杀害她的人目的是什么,恐怕只有请高队长进一步调查了。"丁小柔说道。

高成的思绪一片混乱,张一波给的消息让他陷入了二十三年前的异人实验里。如果孙子康是当初从美国那个研究所跑出来的,那么当年吴家村的事情背后他又是什么角色呢?

"高队长。"任重喊了一下高成。

"哦,哦,好的。"高成回过神后,点了点头。

"还有一点,既然是人为杀人,他难免会继续杀人,所以高队长有必要找一下凶手的犯罪动机,模拟画像,这样能够缩小范围。"丁小柔说道。

"丁主任真是一语点醒梦中人。"任重不禁竖起了大拇指。

高成没有说话,丁小柔说得没错,那为什么凶手会对赵曦和秦树德下手呢?

对方有什么犯罪动机呢?

4. 抗　体

叶平来到聂子飞的面前。

那个细小的棺材盒子就放在桌子上。

聂子飞的眼里带着关切和希望。

叶平拿起了那个棺材盒子。

记忆中第一次见到这个东西,是在他五岁那年。一次意外,他坠入一个空坑里面,为了寻找出来的路,他在空坑下面走了很久。最后看到了一道门,推开,走进去,是一个灰色世界。

城楼、宫殿、长廊、壁画、石像、各种各样的陶瓷摆满地上,中间有一座拱桥,下面有流水,有石山,拱桥中间跪着四个孩童石像,他们举着手,在中间放着一个细小的棺材盒子。

旁边有一座石碑,上面密密麻麻刻满了字。

叶平闭上了眼睛,眼前又回到了那个地方,石碑上的字一行一行进入他的脑子里面。

"上古庸国,乃为神国。前有旱魃横行,后有瘟神降世。为平复血灾,古庸国国君启用颛顼神术,牺牲自己,普渡众生。"

他慢慢走到了那个盒子面前,好奇地伸手想要去碰触那个盒子。

"住手。"身后突然传来了一个声音,是母亲的声音。

"赶快给老祖磕头认错。"母亲走过来,一把将叶平按倒了,自己也跪在地上,连连磕头。

回去的路上,母亲告诉他,那个东西关系着整个村庄的安危,所以无论如何都不要去触碰,更不要将那里的秘密告诉别人。

可是,他还是忍不住偷偷跑到那个地方,拿起了那个棺材盒子。那个棺材盒子,仿佛带着魔力,让他忍不住抚摸,最后在盒子的尾部按到一个凸起。

棺材盒子像一个组合魔方一样,发生了变化。

叶平睁开了眼,手里的棺材盒子顿时落到了地上。

"怎么了?"聂子飞一下子站了起来。

"我不能打开它,不能。"叶平摇了摇头。

"为什么? 里面到底是什么?"聂子飞问道。

"未来。"叶平说道。

"未来? 什么意思?"聂子飞问。

"我不能说。我只能说你姐姐的下落并不在这里,我的记忆里也没有你姐姐的信息。对不起。"叶平低下了头。

"不可能的,你一定知道的。你在骗我对不对?"聂子飞情绪激动起来,走过来一把拉住了叶平。

"对不起,我没有骗你。"叶平看着他说道。

"好吧。"片刻后,聂子飞松开了叶平,他的情绪也慢慢平复下来。

叶平离开了。

他一个人走在街上。

路上到处都是行人和车辆,太阳挂在半空照下来,阳光灿烂。

可是,叶平却觉得格外的冷。

他要回趟学校。

虽然父亲的事情,学校给了他假期,但是他不愿意回家。

宿舍的门推不动,叶平拿出钥匙开了一下,发现锁似乎坏了。他一生气,用力踹了一下门。门开了。

宿舍里,杜玉明和一个女生正在惊慌失措地穿衣服。

"对,对不起。"叶平愣住了。

"是你啊,吓死了。"杜玉明松了口气,满脸都是恼怒。

叶平重新将门关上,在外面等着。

门被拉开了,那个女生低着头快速离开了。

"你怎么回来了?父亲的事情结束了吗?"杜玉明撩拨着头发问。

"嗯。"叶平点点头。

"桑柔最近也没来,你们没事吧?"杜玉明又问了一句。

"没事。"叶平说完,忽然想起来要去看看桑柔,于是一下子从床上站了起来。

"怎么了?一惊一乍的。"杜玉明被吓了一跳。

"我出去一趟。"叶平走了出去,走到门口的时候,他停下来转过身说道,"麻烦你找人修下锁。"

杜玉明愣在那里,半天没有说话。

桑柔的家在安城郊区,平常不在学校的时候,她会去姑姑家里住。桑柔的姑姑是做生意的,经常不回家。于是,很多时候,桑柔总是一个人在家。

出租车停下来后,叶平又一次给桑柔拨了一个电话,结果还是没人接。

叶平想起之前桑柔感染疯尸病病毒的事情,心里不禁越来越着急。于是也顾不上其他的,径直向楼上跑去。

敲了半天门,一直没人开。叶平准备离开的时候,听见里面的响声。门很快开了,叶平看到里面窗帘拉着,也没有开灯,整个房间黑漆漆的。

"桑柔,怎么回事?"叶平走进去想要去拉窗帘。

"叶平,不要。"桑柔忽然拦住了他。

叶平一把握住了桑柔的手,他这才感觉到桑柔的手特别的冷,一点温度都没有,仿佛是一块铁。

"不要开灯,我怕光。"桑柔颤声说道。

"好的,我不开。"叶平抱住了桑柔,轻声说道。

"叶平,我是不是会死?"许久,桑柔说话了。

"不会的。"叶平不知道桑柔现在成了什么样子。

"要是我死了,你会难过吗?"桑柔问道。

"会的,我当然会难过。你知道的,我已经没有了亲人,你是我唯一的亲人了。"叶平说着伸手捧住了桑柔的脸。

"有你这句话,真好。"桑柔的脸上全是泪,沾湿了叶平的手,冰凉刺骨。

"砰砰砰",这时候,又有人来敲门了。

"谁?"桑柔警惕地问道。

"来救你的人。"门外传来一个低沉的声音。

叶平将桑柔拉到后面,走到门边,打开了门。

门外站着一个男人,三十多岁,穿着一身干净的西服,戴着一副金边眼镜,文质彬彬地看着叶平。

"你是什么人?"叶平问。

"可以救你女朋友的人。"男人微笑着说道。

"你到底是谁?"叶平确定自己从来没有见过眼前的人。

"我姓黄,名字叫宁风,我是安城医科大学的老师,我说是来救你女朋友的。如果你不信,给我几分钟的时间。"黄宁风说着抬脚走了进来。

"你干什么?你到底是什么人?"叶平依然对黄宁风满腹怀疑。

黄宁风走到窗边,一把拉开了窗帘。

外面的光射进来,慢慢房间里的情况出现在大家的眼前。

桑柔哆嗦着身体,躲在叶平的后面。

黄宁风站在前面,从口袋里拿出一根针管,然后从一支试管里抽了一点血红色的液体:"来吧,这是治你病的抗体。"

桑柔没有动,躲在叶平的后面。

"你怎么知道她得病了?你这是什么药?"叶平接连问了两个问题。

"还是先给她注射了抗体,至少让她没事吧,然后我再慢慢给你解释。"黄宁风笑了笑说道,"放心,我不会害她的。"

叶平拉了拉桑柔,他这才看见,桑柔的脸格外惨白,嘴唇却充满了血色,红得可怕。不知道是因为恐惧还是寒冷,桑柔哆嗦着身体,在叶平的鼓励下,慢慢走了过去。

黄宁风熟练地给桑柔消毒,然后注射进了液体。

几分钟后,桑柔的身体恢复了平静,她走到叶平身边,低声说道:"好像真的管用。"

"你怎么会有抗体?你最好告诉我,不然我现在给警察打电话。"叶平问道。

黄宁风笑了笑,指了指前面的沙发说:"现在我告诉你,你先过来坐,我们慢慢聊。"

叶平和桑柔对视了一眼,两人走了过去。

"我之所以有抗体,那是因为她身上的病毒,是我研究的。"黄宁风说道。

"什么?你是疯尸病毒的研究者?"叶平叫了起来。

"不,不,她感染的当然不是疯尸病毒。"黄宁风摆了摆手,"这话说来话长,那要从我上高中那年说起……"

黄宁风高二那年得了一场病,本来是普通的感冒,可是却特别厉害,后来甚至感染了肺部,最后竟然没了呼吸。

就这样,黄宁风被家人当作死人埋进了童子冢。

安城的习惯,没有成家的人死后都要埋进童子冢。

还好,有一个路过的人救了他,发现他只是进入了假死状态,那个人不但救了他,还帮他治好了病。

从那以后,黄宁风没有再回过家,而是一直跟着那个救他的人。

也就是从那以后,黄宁风将所有心思都花在了学习医术上,因为救他的人身患绝症,随时都会离开他。

就这样,黄宁风进入了医学行业,从一个学生最后成为安城医科大学的老师,并且在医学界颇有名气。

为了帮助救命恩人,黄宁风研究了很多东西。他甚至从国外找了很多人帮忙,可惜一直都无济于事。

也许是老天开眼,也许是他的诚意感动了上苍,他终于成功研制出了可以治疗救命恩人的药物。但是他又不能确定这个药一定能用。于是,他便偷偷找人帮忙,让人试下这个药。

"难道说桑柔就是帮你试药的人?"听到这里,叶平突然明白了过来。

"都是机缘巧合,本来我是希望红色俱乐部的人能够尝到这种药,因为他们对这个药绝对更有需求。"黄宁风说道。

"可是为什么你之前一直不来救她呢?"叶平不太明白。

"老实讲,完全可以祛除药性的抗体,我也是前几天才研究出来。这不,我第一时间过来找她。"黄宁风说道。

这时候,叶平看了看桑柔,她看上去已经完全正常了。刚才惨白的脸色也恢复了红润,身体也不再发抖。

"好了,看到她没事,我也安心了。"黄宁风说着站了起来。

"想问下,莫非你的那位恩人也是感染了这种病?"叶平喊住了他。

"对。"黄宁风点点头,"可惜她感染的时间太长了,这种抗体对她根本没有效果。"

"我听你说是在高中的时候遇到她的,那按照时间算来,应该是二十年前她救你的?"叶平问道。

"是十九年前,那一年我十六岁。"黄宁风说道。

"那她是姓聂吗?"叶平的心几乎要跳了出来。

"不,她不姓聂。"黄宁风摇了摇头,抬脚走了出去。

5. 古墓谎言

二十三年前,安城文物局接到群众举报,吴家村有人进行盗墓,偷窃国家财产。于是,文物局立刻联合公安部成立了一个调查组,深入吴家村进入调查。

调查组到了吴家村才发现,那个举报信息是有人故意捏造的。吴家村挨着古山,古山历史悠久,经历过数朝风云,它的身下隐藏着什么东西,没有人知道。

调查组立刻给上头反馈了这个消息,但是好大喜功的文物局领导已经将这个情况报告给了上级,并且夸大其词,说在吴家村发现的是传说中的古庸国国王之墓。

面对这个撒出去的弥天大谎,调查组只好替上头端着。他们不得已在古山搭了一个台子,对外号称进行古墓文化挖掘。

古山下面确实有古墓,不过都是一些不知名的、没有文化研究价值的墓室。所谓的古庸国国王陵墓,不过是之前的一个传说,但是调查组这么一来,让吴家村的村民都以为他们身边的古山的确就是古庸国国王的陵墓。

那个时代,各地盗墓猖獗。正因为如此,安城文物局才会急功近利地提前报告。如果是真的,那么对于安城的发展,自然是一个极大的提升。

吴家村发现古庸国国王陵墓的消息很快传了出去,这个消息引来了很多人。一时之间,整个安城成了全国炙手可热的古文化研究城市,但是只有几个人知道,这一切全部是用谎言支撑的。

李德安就是其中一个知情者,他是田奎的上司,当时调查组公安部派来的负责人。对于这件事情,他一直愧疚难安,尤其是面对田奎。

此刻想起来,当时他是极力反对这样做,但是他的反对最终被驳回,并且从调查组的组长降级为副组长。

这些年来,他看到田奎一直还在为那几个受害人忙碌,甚至还蒙在鼓里。有时候,他很想把事情的真相告诉田奎,这是一个错误,但这不是他的错,更不是田奎的错,确切地说,是当时时代的错误。

可是,犯了错要改正,他们已经没有机会了。

对于古山里的古墓,他们挖掘了半年,最终也没有结果。无奈之下,只好对外宣布吴家村有人感染了瘟疫,以此来杜绝他人再来吴家村。

可是,这样的谎言说出去没有多久,调查组发现吴家村的村民真的感染了疯尸病,谎言变成了真的。

古墓谎言总算有了一个完满的理由可以向外面交代,但是吴家村的疯尸病却成了另一个烫手的山芋。

于是,调查组从安城选了六个人,组成了一个小分队,让他们进入吴家村查看情况,这个小分队李德安交给了田奎来领队。

这么多年过去了,没有人知道当初在吴家村发生了什么。进入吴家村的小分队,只有吴波一个人安然回来,另外还有两个虽然感染了疯尸病,但是得到了很好的控制。这么些年,也一直是田奎在帮他们料理一些事情。

"砰砰砰",门忽然响了。

李德安站了起来,走到了门边。

敲门的是田奎。

"小田,你怎么来了?"李德安有些意外。

"李老,有点事来麻烦你。"田奎神情有点拘谨。

"进来说吧。"李德安转过身,将田奎带进了屋里。

"其实还是苏小梅他们的事情,他们感染的情况越来越厉害了,上次托您问的事情,不知道怎么样了?"田奎开门见山,说出了自己的来意。

"小田,你也知道的。这件事情过去太久了,其实很多人已经不愿意提了。"李德安皱了皱眉头,"这么多年,他们的补助能一直发,其实已经很不容易了。所谓的科研工作,实话说,早已经停了下来。我知道他们受委屈了,可是我真的无能为力了。"

田奎没有再说话,叹了口气。

空气有点沉闷,客厅静悄悄的,只有墙上的钟摆在一秒一秒地走着,扣人心弦。

"有个人,你可以找下,或许能帮你。"李德安沉思了片刻,走到书桌面前,从下面拿出了一张名片,递给了田奎,"这里有他的地址和电话。"

田奎看了一眼,上面的地址就在安城,名片上的名字叫薛林峰,职业是生化研究师。

"你不用觉得奇怪,生化研究师是他自己给自己起的。这个人比较奇怪,一般不见外人。你说是我介绍的,他至少会帮你想想办法。"李德安说道。

"太好了,我现在就去找他。"田奎欣喜地说道。

从李德安家离开,田奎骑着车去了薛林峰的家里。

可惜,敲了半天门,也没有人开门。

田奎只好离开。

本来田奎打算下午再来找一趟薛林峰,可惜档案局打来电话要一份重要档案,于是他便去了单位。

等到忙完的时候,天已经彻底黑了。

走出档案局,田奎看着漆黑的夜幕,心里不禁泛起了一丝心酸。

这时候,开过来一辆宝马车,停在了他面前。

车窗打开,一个文质彬彬的男人对着他笑着问:"你是田奎田老师吧?"

"你是?"田奎看着男人,疑惑地问道。

"有个朋友约你,这是邀请函,希望你能准时赴约。"男人拿出一张邀请函,递给了田奎。

田奎疑惑地接过,打开看了一眼,里面只有一个地址和一个时间,除此之外,什么都没有。

"希望你准时赴约。"男人微笑着说。

"这是什么人给你的? 不好意思,我可能去不了。"田奎说道。

"你看下这个,我想你一定会去。"男人说着从车窗里伸出了手机,手机上是一张照片。

看到照片,田奎顿时愣住了。

6. 重 聚

二十三年前的那个夏天,苏小梅和其他五个人的命运发生了翻天覆地的改变。昔日集合的地方已经变成了一个名叫烈焰的酒吧,每到晚上灯火通明,人满为患。

有一次,苏小梅曾经试着走了进去,但是看到里面热情奔放的年轻人和摇曳四射的灯光,她又退了出去。

虽然她活在这个时代,但是这已经不是她的时代,她的时代,从二十三年前的那个夏天开始就已经死亡。

今天,烈焰酒吧比较冷清。

苏小梅来到门口的时候,看到了一个熟人,竟然是杜发。

两人都很意外,不约而同问了一下对方,发现邀请他们的是同一个人。

不但如此,很快,杜发看到雷良也来到了酒吧门口。

三个人走进酒吧里面,才发现里面已经坐了一个人,竟然是田奎。客厅中间一共有八张桌子,每张桌子面前,都有一个名签,上面分别写着每个人的名字。大家依次按照名字的位置坐下来。

最后,只剩下聂丽丽、吴波和张若婷名签的座位上没有人。

正当所有人迷惑不解的时候,门外又走进来两个人,分别是叶平和聂子飞。他们看了下座位的名签,坐到了吴波和聂丽丽的名签后面。

这时候,黄宁风从后面走了出来。

"各位好,欢迎你们来到这里。"邀请大家的人正是黄宁风。

"你是什么人?你怎么会有生死签的照片?"杜发第一个问道。

黄宁风在邀请他们的时候,还附上了一张照片,那正是当初他们在吴家村抽的生死签的照片。

"各位不用疑惑,先听我说。"黄宁风拍了拍手,"我想除了叶平和聂子飞,其他人对这里都应该不陌生吧。二十三年前,大家就是在这里听的动员大会,然后踏上了未知的命运旅途。相信这二十多年来,大家过得都不如意,甚至吴波已经离开了人世。"

"你到底想说什么?"聂子飞站了起来。

"你不是一直想知道你姐姐的下落吗?我想今天你会有一个答案。"黄宁风对着聂子飞挥了挥手,示意他坐下。"我先介绍下,我的名字叫黄宁风,二十三年前参加异人实验的成员,除了田奎和吴波外,在座的几位都感染了疯尸病毒,并且深受其害。我想说的是,我已经研究出了疯尸病的抗体,这一点叶平可以作证。"

"是的,他治好了桑柔。"叶平点点头。

"你怎么会知道我们的事情,并且能找到我们?"雷良说话了。

"因为我的老师,是你们的一位故人。我想你们见到她,应该会清楚这一切。"黄宁风说完,身体往旁边侧了侧。

一个穿着黑色裙子的女人从后面走了过来,她并没有停在台上,而是走到了众人身边,在张若婷的名签面前停了下来。

"各位,好久不见。"女人微笑着看着他们。

"张若婷?"苏小梅叫出了女人的名字。

"二十三年没有人喊这个名字了,是我。"张若婷点点头,目光落到了旁边的雷良身上。

雷良穿着一身黑衣,戴着口罩,只露出两个眼睛,但是从目光里,已经看出了他的激动。

二十三年前的场景仿佛又回到了眼前,只是物是人非事事休,欲语泪先流。

"当年你去了哪里?"苏小梅拉住了张若婷的手问道。

"当年我抽到了生签,本来可以离开的。"张若婷说着低下了头。

"是你,那个回来的人是你?"雷良的声音一下子激动起来,他的身体都在颤抖,"我早该想到的,哈哈,我早该想到是你的。"

"不错。是我。当年我抽到生签,那些人放我离开。可是我记挂祠堂里的你,于是回头去找你。"张若婷叹了口气。

"是我害了你。"雷良哀声喊道,"对不起,若婷,真是我害了你,这么多年,我一直对自己说当初那一幕是自己的幻觉。可是没想到是真的。"

"有什么区别吗?大家不都一样,除了吴波,大家不都被感染了。"张若婷苦笑了一下。

"我姐呢?你们都回来了,我姐的下落谁能告诉我?"聂子飞站了起来。

"关于聂丽丽的下落,也许除了我,大家都不知道。小梅,你还记得你们最后和聂丽丽在一起时的情景吗?"张若婷问道。

"我知道,苏小梅和杜发早就跟我说过了。当时我姐和杜发、苏小梅为了取那个棺材盒子,不得已冲进古墓里面,面对众多感染疯尸病的村民,他们都被袭击了。争斗期间,我姐将那个棺材盒子取到了手里,然后交给了苏小梅。等到苏小梅和杜发醒过来的时候,我姐已经没有了踪影,那些感染疯尸病的村民也不见了。"聂子飞抢先说道。

"是的,当时情况的确是这样的。"苏小梅点点头,"后来我和杜发拿着那个盒子离开了古墓,上来的时候,也没有见到孙子康他们。我们便快速离开了吴家村,在村口找到了接应我们的田奎。"

"那些人自然不在,因为他们全部被聂丽丽引到了墓地的机关里面。"张若婷叹了口气说道,"我当时抽到生签,不放心雷良,回到祠堂里,结果雷良将我咬伤。然后,雷良发疯般地跑出了祠堂,我追他的时候正好看到孙子康带着人往古墓里面跑去。一开始我以为孙子康他们在追雷良,便跟在他们后面。结果到了古墓里才发现,他们追的人是聂丽丽。当时聂丽丽手里拿着一个东西,那个东西对于孙子康似乎非常重要,他甚至不惜危险,自己跑在前面,结果他们和聂丽丽全部被困在了古墓的机关里面。那个机关是一个千斤门,一旦关上,再也无法打开。所以你姐姐聂丽丽和孙子康他们全部被关在了古墓里,想必是凶多吉少。"

"什么?"听到这个消息,聂子飞一下子瘫倒在地上。

"抱歉,但是这是事实。"张若婷说。

"怎么会这样?怎么会这样?"聂子飞摇着头,虽然他早已经想到了这种可能性,但是真的听到了,却难以接受。

"也许,聂丽丽并没有死。"这时候,田奎忽然说话了。

"你说什么?"聂子飞愣住了。

"聂丽丽和杜发苏小梅都感染了疯尸病毒,即使她被困在了古墓里,但是这种病毒是可以让她活下来的,像杜发、苏小梅一样活下来。"田奎说道。

7. 意外发现

孙子康,原籍贵州,美国耶鲁大学生物学系高才生,从小对生物进化学科有着惊人的天赋,在他十八岁的时候,已经是美国基因研究会的副会长。大学毕业后,孙子康为美国基因研究会工作,可是突然有一天,他辞职离开了基因研究会,从所有人眼里消失了。

直到今天,在美国基因研究会里,还有很多老员工记着他,甚至希望他能够重新回到基因研究会。

看着孟佳的老师找到的关于那个研究僵尸病毒的中国人的资料,果然,高成没有猜错,那段时间,孙子康在美国为那个私人研究所工作。后来研究所被查,孙子康不得不离开学校,回到了中国。

正好,安城古墓里闹鬼的事情传了出来,尤其是说里面的村民得的瘟疫,但是死法却又比较奇怪。这正好和孙子康在美国那个私人研究所研究的课题差不多,于是他便去了吴家村,在那里进行疯尸病的研究。

从时间上看,孙子康的嫌疑非常符合,加上手里了解的东西可以证明孙子康当时是从国外回来,想要在考古队之前窃取国家宝藏。

高成带人去了档案局,本想让田奎帮自己一起寻找孙子康的资料,可惜田奎不在。于是高成只好和其他同事一起加班。

一九九二年的资料太多了,并且当时的分类不是特别清楚,非常混乱。七十多盒档案,每个档案盒里几乎都有上百份资料,很多档案已经发黄,稍有不慎,就会破裂,所以查阅的进度非常缓慢。

整整一晚上,高成几乎没有合眼。所有人都加班到最后,甚至后来还有几个刑侦处的人过来帮忙,最后终于将所有关于孙子康的资料整理清楚。

面对桌子上的资料,高成几乎有一种欲哭无泪的冲动。他实在不愿意告诉大家,这么多人辛苦了一晚上,其实得到的资料非常少。

在对孙子康入境的统计上,只有一个地址,那个地址距离高成家并不远,在十年前就被拆迁了。

高成收起资料,离开了单位。

正是早上,晨曦微然。街上都是小商贩,高成走到对面的早餐摊坐了下来,老板姓刘,是河南人,每天早上都会做一大锅胡辣汤。这种传承于河南逍遥镇的小吃,有着上百年的历史,在河南几乎每个早餐店都有。

一口汤入喉,高成顿时感觉头皮发麻,浑身刺激,一整晚的疲惫几乎一扫而光。

"高队长,胡辣汤可不是这么喝的,你这加了这么多辣椒,变成辣椒汤了。"刘老板笑呵呵地看着他说。

"我是贵州人,比起四川人更能吃辣的。"高成笑了笑说。

"贵州人吃辣,这个我真知道。我年轻的时候在人民路摆摊,那时候安城人对胡辣汤还没怎么适应,不过有一个从国外回来的人经常带着一个小孩来吃。他们也是贵州人,但是那个小孩估计吃不惯,也不知道为什么,那个大人总是强迫他吃。有时候他们还带走一大碗。可惜后来人民路那边拆迁了,我便来这里了。后来也没见过他们,想来那小孩是不愿意吃的,正好解脱了。"刘老板边抹着桌子边说道。

"那这个父亲可够霸道的。"高成听了摇摇头。

"不,他们不是父子,大人姓孙,小孩子却姓薛。我当时也好奇,后来问过一次,孙师傅说那孩子是他的学生。"刘老板摇摇头。

"孙师傅?他从国外来的?住在人民路那边?贵州人?"这几个信息瞬间冲进了高成的脑子里,他立刻站了起来,从公务包里拿出早上刚刚整理好的资料,其中有一张孙子康的照片,"你看看那个孙师傅,是不是这个人?"

刘老板仔细看了一眼,立刻点了点头:"这个应该是他年轻时的照片吧。不过他眼角这两个痣错不了,就是他。"

"你后来见过他们吗?"高成焦急地问道。

"没有,拆迁后就没见过了。"刘老板摇摇头说。

"孙师傅是没见过,他徒弟前几个月我倒是见过,好像在哪个医院上班,他穿着白大褂,不过他可能认不出我了,我可是认得他,因为他跟我家娃长得很像。"这时候,旁边炸油条的老板娘说话了。

"你们讲的这个信息太重要了。"高成心里一阵欣喜,没想到在早餐店竟然有了意外收获。

高成重新返回了局里。

刘老板的信息基本上有三点。第一点,他的摊位在人民路与北环路路口,所以从这个地方放射出去,孙子康当时住的地方应该就在人民路与北环路上。第二点,孙子康当时带着一个十五六岁的小男孩,只知道小男孩姓薛,现在算来应该二十五六岁。可以确认,小男孩和孙子康并不是内亲关系,可能是孙子康领养或者通过其他方式带到自己身边的。第三点,根据刘老板的老婆的信息,那个姓薛的男孩应该还在老地方住,并且穿着白大褂,可能在哪个医院、诊所或者是按摩中心上班。白色大褂可能是工作服。

范围缩小了,高成判断孙子康当初从国外回来,很有可能在这里买了房子,因为他在美国的事情,肯定不会用自己的名字。根据之前对孙子康的调查,他在老家已经没有什么亲戚,之前只有一个年迈的父亲。

因为人民路与北环路进行过拆迁,所以查阅工作非常困难,拆迁户前后名字的置换,加上有外来人口购房的房证易主,让调查陷入了大批量的数据整理中。虽然有房管领导的帮忙,但是面对庞大数据,房管局工作人员显得有些懈怠。

"我觉得他们的房子很有可能没有拆迁。"面对问题,跑过来帮忙的张一波忽然提出了自己的看法。

"为什么?"高成问。

"之前刘老板在摊位的时候他们住在那里,后来老板娘说她见到那个小孩也在那附近。如果他们的房子拆迁了的话,肯定会离开那里。所以我认为他们的房子应该没有拆迁,要么就是他们是租房在那里住。很显然十几年租房,他们应该不会总待在一个地方,所以他们的房子没有拆迁的可能性比较大。"张一波说道。

"对,有这个可能。"高成一拍手,走到前面查阅数据的工作人员面前,请他们首先筛选没有拆迁的房子。

"那太简单了,那里只有一栋楼没有拆迁。"工作人员很快查到了数据,"这是这栋楼里的情况,一共十二户,其中七户很早已经不在这里住了。另外的五户,有三个是老人,只有两户满足条件。"

电脑屏幕上出现了剩余两户的房产证信息,其中一户引起了高成的注意。

"薛林峰。"高成吸了口气,"应该就是他。"

8. 决 裂

田奎说得没错,如果聂丽丽也感染了疯尸病毒,那么即使她被困在古墓里,应该也和苏小梅他们一样,并不会死去。

"无论如何,我都要找到姐姐的下落。哪怕是具尸体,我也要带她回家。"聂子飞站起来,满脸悲愤地说道。

"这么多年,我没有联系大家,其实一直都在研究抗体。前几天,宁风终于研究成功了。"张若婷说道。

"这么说,我们,我们体内的疯尸病毒可以清除了?"杜发一听,颤抖着问道。

"我们感染的病毒太久了,目前的抗体只能清除感染比较轻的患者。比如叶平的朋友桑柔,她体内的病毒已经被清除。我本以为抗体有了,可以帮大家。现在看来只有另一个办法了。"张若婷低声说道。

"什么办法?"苏小梅问道。

"颛顼神术。"张若婷说出了一个词。

"啊!"叶平听到颛顼神术四个字,不禁惊声叫了起来。

"怎么?你知道这个东西?"旁边的杜发看着他。

叶平的记忆恢复后,记得之前母亲跟他说的话,那个放在古墓里的盒子,那个属于老祖的东西。母亲跟他说过,颛顼是他们的祖先,也是古庸国的领君。

张若婷并没有理会叶平,而是继续说了下去。

二十三年前,张若婷跟着孙子康几个人走进了那个古墓里。当她看到聂丽丽被关进古墓里后,孙子康却从里面逃出来,并且打开了古墓侧面的一道石门,钻了进去。

张若婷怀着好奇之心,将耳朵贴近那道石门,石门并没有完全关合住,里面的动静传到了张若婷的耳朵里。

孙子康在和一个人对话,张若婷永远忘不了当时他们对话的每一个字。

"失败了,锦盒被那几个人带了出去。"孙子康的声音很紧张。

"这未尝不是一件好事。"另外一个声音是一个男人,听上去年龄不大,但是声音里透出一丝阴邪。

"接下来该怎么办?"孙子康问。

"只好再等二十年了,颛顼神术二十年一现,错过了时机,只能等了。"男人说道。

"二十年,不是一个小数字。难道我们自己不能创造吗?"孙子康不甘心地问道。

"任何违背神的意见,都会被消灭。你忘了之前的例子吗?"那个男人对孙子康训斥道。

"好吧。那我们只能等了,二十年后,但愿我们还活着。"孙子康苦笑着说道。

"确切地说,是二十三年后,没关系,只要活着就有希望。如果你死了,可以让你的徒弟来。"那个男人说道。

"颛顼神术真的那么厉害吗？他真的能实现我们的研究愿望吗？"孙子康又问了一句。

"当然，有了颛顼神术，所有感染疯尸病毒的人都会好起来，更别说是一个小小的生化实验。"男人说道。

听完张若婷的叙说，所有人都惊呆了。

"如果这是真的，那么我们真的有救了。"苏小梅第一个说话了。

"那个男人是谁？"一直沉默不语的雷良忽然问了一个问题，这个问题想必也是其他人想知道的。

"我不知道。当时听到他们说完，我怕被他发现，便离开了。"张若婷摇摇头说道。

"就是说，即使抗体救不了我们，但是只要我们找到那个所谓的颛顼神术，一样可以救自己了？"杜发问道。

"是这样的。并且我查了一下，吴家村后面的古山的确是一个憋宝的最佳之地，所以那个人的话应该不是假的。"张若婷说道。

"我想这个人应该就是幕后黑手，我们所遭受的一切都是他和孙子康做的。要是让我找到他，非把他碎尸万段不可。"雷良咬牙切齿地说道。

"不，幕后黑手不是他们。我说得对吗？田奎，当年的调查组为什么在到达吴家村后，发生了内部变化。当年你的上司李德安本来是调查组的组长，可是到了吴家村却被降级。后来，苏小梅和杜发的一些东西一直都是他帮忙负责补贴，甚至找一些药物。"张若婷说道。

"你怎么知道这些？"田奎问。

"这二十多年来，我唯一做的一件事就是调查这些事情。我们为什么会在吴家村遭遇袭击？孙子康在整个事件中扮演的是什么角色？那个所谓的疯尸病病毒又是怎么来的？虽然有些细节我还没有搞清楚，但是我知道有些人和这些事情脱不了干系。"张若婷说道。

"这么多年，我也在调查，可惜一直都没有什么进展。有时候我也在想，身上拥有这样的病毒其实并不是什么坏事，唯一觉得遗憾的就是有些东西没有得到答复。所有人中，我感染的最厉害。说实话，我不像小梅、杜发，在病毒发作的时候能忍着。我喝过人血，每喝一次就想一次，身上的力量也变得更强一分。今天我之所以来这里，也是想给你们一个交代，我觉得现在挺好的。以后如果你们有什么，不需要再找我。"雷良站起来说道。

"雷良,你怎么能这样?"苏小梅愕然地看着雷良。

"每个人都有选择自己命运的机会。当初我之所以去吴家村,就是希望能有不一样的命运。无论当年的事情是个圈套也好,是一个错误也罢,至少现在我能得到我所要的一切。"雷良耸了耸肩膀说道。

"难道你喜欢你现在人不人鬼不鬼的样子吗?你看看你现在的样子!"张若婷看着雷良,失声说道。

"人不人,鬼不鬼?哈哈,除了吴波,我们几个哪个不是这样子?"雷良大声笑了起来。

"够了,雷良,你做的事情我早已经知道。你和欧阳坤狼狈为奸,做的那个红色俱乐部迟早会出事。你这样下去,迟早会连累其他人。"田奎愤怒地说道。

"对,我忘了,你那个徒弟高成,三番两次去我那闹事。下一次,我不会对他手下留情。我今天说了,以后你们做你们的事情,我做我的事情。就这样吧。"雷良冷哼一声,准备离开。

"雷良,你,你站住。"张若婷伸手拉住了他的衣服。

"若婷,当年是我对不起你,不过那个时候,我不能控制自己。我已经毒入膏肓,谁也救不了我了。"雷良说着往前一走,挣脱掉了张若婷的手。

"人各有志,我们也不能强求。前天李德安向我推荐了一个人,说他研究生化很厉害,兴许能帮助你们。如果你们愿意,我带你们过去找找他。"雷良走后,田奎说话了。

"什么人,这么厉害?"张若婷问道。

"一个得过生化研究个人奖的天才,具体的我也不了解。"田奎说道。

9. 天　岁

黑暗中,只有鱼缸里的光。

三条鱼在水里游,时不时碰撞,然后迅速离开。

老师说过,这世上一人为孤,两人为双,三人为伤。

十三岁那年,他在儿童福利院将三个室友打伤,其中一个甚至被他咬掉了半个耳朵。院长将他关在禁闭室。

除了黑暗，他什么都看不到。

没有人知道他的秘密，包括他内心的愤怒。

禁闭室的门被打开的时候，他看到的第一道光，是老师身上的光。

老师将他带出了福利院。

告别地狱，他走进了另一个地狱。

"我看过你的资料，十岁那年，你失手杀了你的父亲。"老师对他说。

他不说话，望着前方，那个黑色的夜晚再次出现在他的面前。

父亲疯狂地打着母亲，母亲哀嚎着，像一只即将死去的小猫。

他拿起了水果刀，冲向了父亲。

血喷到了地上，还有父亲倒下的身体。

为了替他赎罪，他的母亲揽下了所有的事情，最后被警察带走。

一夜之间，他被送到福利院。

老师教他看书，看电影，教他一切。

老师说，这个世上有一种东西叫天岁。

秦始皇一生都在追求长生，汉武帝年老后追求道家升仙。

天岁就是他们要找的东西。

天岁长在灵芝的后面，十颗灵芝比不上一颗天岁。

老师的工作就是研究天岁，并且创造天岁。

可惜两年前，老师离开了他。

家里留了足够花的钱，很多时候，他一个人坐在窗台边，盯着屏幕，一动不动，有时候到天亮。

老师安排他进入医学学校，自然是为了再让他的医学上升一个层次。

老师说过，如果有一天他不在了，他要继承老师所有的一切。

包括天岁的研究。

门响了起来。

这里已经很久没有客人了。

他站起来，拉开了灯。

敲门的是一个男人，三十多岁，板寸，两只眼睛炯炯有神。

"你是薛林峰吗？"男人问。

"是的，找我什么事？"他说。

"我是刑警队的高成，有些事情需要找你了解下情况。"男人介绍了一下自己。

"进来吧。"薛林峰听到高成是警察,将门拉升了,同时打开了屋里的灯。

"你认识孙子康吧?"高成开门见山问道。

"认识,他是我老师。"他点点头。

"他现在人呢?"高成问道。

"已经失踪好几年了。"他说。

"你知道他去哪里了吗?"高成问。

"不知道。"他摇摇头。

"你现在做什么?"高成问。

"我在一家宠物医院当顾问。"他说道。

"喜欢动物啊?"高成疑惑地看了他一眼。

"动物和人一样,都是生命,都需要尊重。"他说道。

高成推开了另一个房间的门,这是一个二十平方米左右的卧室,里面收拾得干干净净,甚至还铺着崭新的床单。除了一张桌子和一张凳子外,没有其他东西。

"这是老师的卧室,他走后一直空着。我每天都会帮他打扫。"他说道。

高成抬脚走了进去,他仔细看了一下,书桌上放着一些历史书,有的纸张都发了黄。看得出来,孙子康之前在这里的时候,还经常看书。

一切并没有异常,高成离开了。

关了门,他松了口气,目光落到了前面一个隐藏的入口处。他伸手撩开上面的布帘子,推开门,弯腰钻了进去。

楼梯有两层,越往下越感觉冰冷。

最下面一层,墙上挂了一盏白炽灯,因为光线比较暗,显得鬼气森森。

墙上挂满了形形色色的刀子,每一把都带着寒光。

空间里一共有五个铁笼,前面四个都空着,最后一个盖着一块黑布。只见他拿出其中一把刀子,走到第五个铁笼面前,撩开了铁箱上的黑布。

里面坐着一个人,听到响声,那个人抬起了头,花白的头发将他的脸遮着,看不清样子。

他坐到了那个人面前,开始说话:"田奎来找过我,是李德安告诉他的。这简直太好玩了,我们的计划终于可以开始了。"

"对了,今天还收到了一封信,是你的一个故人写的,他说二十三年前和你有个约定,现在让你赴约,还说如果你去不了,可以让你亲人代你去。看来我只能代你去一趟了。"

听到这里,铁笼里的人转过了头,嘴角露出一丝无奈。

"对了,我已经研究出了天岁的抗体。我想这一次我们一定能成功。老师。"他对着铁笼里的人微笑着说道。

10. 突 变

雷良离开了。

月光很凉,照在身上。

雷良走在小路上,四周全部是树木荒草,风一吹,窸窸窣窣,路过之地,有不知名的怪鸟从里面飞出来,窜向远处。

雷良的心在痛。

二十三年了,他没想到还能再见到张若婷。

当年他虽然不确定咬到的人是谁,但是除了张若婷又会是谁呢?

他被守灵猫咬伤,体内的病毒也最厉害,只能依靠人血来维持生命。

他和欧阳坤一起经营红色俱乐部,然后推出恋血癖的主题项目,既让俱乐部生意火爆,又让他从此省去了寻找人血的麻烦。

因为病毒感染太深,加上人血在体内与病毒的结合,他的样子变得恐怖可憎,身体上的很多肉都已经受到了束缚。

他知道,自己已经无药可救。

他多么渴望能和其他人一样,一起迎接新的希望。

可是,他又无法面对张若婷。

既然选择了黑夜,那么就沉沦到底吧。

走到大路上,车辆行人多了起来,有路边摊老板在招呼客人,有夜归的人群在嘻嘻哈哈地放肆大笑。

这个世上,到处都有温暖。

唯独跟他没有关系。

当初在吴家村,其他人将他留在祠堂里面。等他醒过来的时候,他看到的不是同伴的目光,而是两个疯尸病患者。他果断将其中一个疯尸病患者放倒在地上,等他准备和第二个疯尸病患者打斗的时候,又忽然没了力气,瘫坐到了地上,然后那个疯尸扑到了他身上,咬住了他的胳膊。

恍惚中，又有人走了进来，那个咬他胳膊的疯尸被那人打倒了，然后有人来到了他面前，他却一把拉住了那个人，张嘴咬了下去。

雷良不敢再想下去，他感觉自己需要找个地方单独待一会儿，否则怕自己不受控制。

回到俱乐部的时候，已经是深夜两点多。

雷良打开了音响，里面传出了轻柔的音乐声。

这是一首老歌，虽然现在有很多新音乐，但是雷良还是喜欢听老歌。听歌的时候，让他感觉最真实。

"砰砰砰"，突然，一阵急促的敲门声打断了雷良的思绪。

"进来。"雷良烦躁地暂停了音乐。

进来的是欧阳坤。

"什么事？"雷良问道。

"那件事出了点问题。"欧阳坤低声说道。

"怎么回事？"雷良心一沉。

"本来帮我们做事的人已经摆平了，可是现在对方突然改主意了，要向外面说明这一切。"欧阳坤说道。

"他要搞什么？"雷良听完不禁有些不解。

"他希望外人知道那些东西是他做的，他不想自己的本事被埋没。怎么办？要是警察知道这一切，我们的俱乐部肯定完蛋了。"欧阳坤焦急地说道。

"不要着急，既然他毁了合约，那我们也别做什么君子了。这样，你约他出来，我们和他聊聊。"雷良沉思了片刻说道。

"已经约好了，明天晚上十点，具体地方他给。"欧阳坤说道。

"他约的？"雷良愣住了。

"是的，他说可以见一面聊聊，不过地点要他来定。我寻思这会不会是陷阱，所以才这么晚了来找你商量。"欧阳坤说道。

"没关系，那就听他的。明天和他见面，你安排一下，找几个生手跟着我们，如果不可控制的话，直接让他永远闭嘴。"雷良说着眼里闪出了杀气。

"好，我了解。"欧阳坤点点头。

欧阳坤出去了，雷良重新打开了音乐。

刚刚平息的烦躁不安再次出现，他感觉一切计划都被打乱了。明明已经安排好的事情，现在都出了问题。

从沙发上站起来，他走到了书桌前，在最上面一层，他抽出了一个写真本,封面上的女孩眉眼妖娆,表情妩媚。

雷良盯着上面的照片,沉思了半天,往后翻了翻。后面的照片全部都是封面上的女孩,只是动作表情衣服不一样,但是都带着诱人的妩媚。

写真的最后一页写着女孩的名字——赵曦。

那个晚上,又回到了雷良的眼前。

雷良从外面回来,急不可耐地拿起一瓶存储的血,倒进了嘴里,体内的渴望让他疏忽了关门,正好这一幕被经过的赵曦看到。

赵曦走了进来,伸手咬破了自己的手指,塞进了雷良的嘴里面。

这个挑逗的动作,让雷良内心的火顿时烧到了脑袋上,理智瞬间被毁灭,他一把将赵曦抱住,走进了卧室里面。

那次以后,赵曦成了雷良的秘密。

雷良却非常后悔。

无奈之下,雷良告诉了欧阳坤。

两天后,欧阳坤想到了办法。

赵曦被神秘地杀死在了家里。

欧阳坤的方法是找一个叫 X 的人买了一种可以让人快速致死的工具,看上去就像被人咬伤脖子吸血致死一样。这是个天衣无缝的杀人方法,加上赵曦有吸毒的习惯,很难查出来。

然而,让他们没想到的是,赵曦死后没多久,又有一个死者出现了,那就是秦树德。秦树德死亡的情形和赵曦一模一样,雷良和欧阳坤知道,秦树德和赵曦都死于同一种工具。不过他们也庆幸,因为这样,警察办起案来会更难。

可是,现在这个神秘的 X 竟然要自首,如果这样的话,那么雷良和欧阳坤肯定会被咬出来,他辛辛苦苦经营的红色俱乐部将会付之东流。

"不,千万不可以。"雷良发出了一声低吼,手里捏着的写真被他用力搓开,上面原本漂亮的赵曦,被搓成了两半,看上去鬼魅阴森……

11. 意外收获

高成回到局里,发现张一波在办公室等他。

"我看你把张一波调到我们这边吧,他领导刚才都打电话了,张一波现在在派出所工作,但是服务的却是刑警队。"一进门,便有队员跟高成说了起来。

"他在考,成绩通过了自然来这边。他本来在学校学的就是这个,去派出所干,肯定屈才了。"高成笑呵呵地说道。

张一波确实查到了一个线索,要不然也不会一大早从自己单位跑到这边来。

原来之前张一波曾经帮高成去秦树德家里做过一次调查,当时秦树德的家人留了张一波的电话。

前两天,秦树德的侄女秦翠从外地回来。秦树德死后,他的电脑便由秦翠使用。

结果秦翠无意中发现秦树德用的一个带有密码的QQ号,在那个QQ号里发现了秦树德和几个网友的聊天记录,发现秦树德有一个特别的爱好,就是追求永生。

那几个和秦树德经常聊天的网友,也是一些永生爱好者。他们每次讨论的话题,都是一些伪科学理论——永生。

在对话记录中,有一个叫X的网友向秦树德说的话引起了秦翠的注意。

X网友对秦树德提出了一种新的永生论,那就是传说中的僵尸永生。

他说这个世上根本没有真正的永生,人类的新陈代谢,基因细胞决定人类根本不可能永生。古代那些成仙得道之人,自然是在特殊的环境下改变了基因和新陈代谢,所以才实现了永生。

传说中的僵尸,其实是死后置生的永生。X认为这世上肯定有僵尸,类似于西方的吸血鬼。他研发了一种药物,如果喝了,那么跟僵尸一样,会实现永生。

这个说法使秦树德产生了浓厚兴趣。

通过秦树德与这个X的对话记录可以看出来,秦树德一开始就对这药物感兴趣,到后来完全相信,最后央求X给他这种药物,并且愿意花大价钱。

在秦树德的一再央求下,X答应了秦树德的要求。

X告诉秦树德,因为这种药物要完全效仿僵尸,所以喝下去的时间和后面的事情一定要安排妥当,否则稍有不慎,就会出问题。

秦树德似乎已经完全迷恋上了这种方法,所以没有任何意见。

发现了秦树德和X的对话,秦翠立刻联系了其他家人,将这一情况告诉了张一波。

根据张一波提供的这条线索,高成立刻找了当初对秦树德调查的证物记录,里面确实没有电脑资料这块情况。他又跑到IT部问了一下,才发现当初秦树德死后的调查工作里,并没有电脑的记录。

"肯定是秦树德死后,他家人就把电脑给了秦翠。因为秦树德是在外面死的,当时调查的时候,他家坚持要下葬。所以调查的时候,我们没有多想。"高成顿时明白了过来。

不管怎样,现在有了新的突破。

现在看来,当时秦树德肯定是喝了X提供的药,然后身体出现了问题,最后才死在了外面。后来在殡仪馆,他突然站起来,想必也是那个药物的作用。

这么看来,一切都顺理成章,合情合理。

IT部立刻派人跟着高成去了秦翠家里,将电脑上的资料带回了局里,然后对那个X以及秦树德之前参与的聊天群全部进行筛选过滤。

高成也没闲着,他重新把秦树德和赵曦的案宗拿到一起,仔细阅读比对,希望找到一些新的线索。

任重敲门进来的时候,高成都没有听见。

"有什么事,喊我一下不得了。"高成说着站了起来,给任重倒了一杯水。

"刚才遇到小黄了,他说你们今天特别忙,发现了一些线索。"任重摆了摆手说。

"是的,秦树德的案子有了特别大的突破,IT部要是给力的话,兴许就能找到嫌疑人。"高成点点头说。

"我找你是说,吴波的案子被打回来了,上头的意思还是由省厅负责调查,我们不需要过问。"任重说道。

"可是这案子发生在我们这边,吴波又不是什么特别人物,为什么省厅要舍近求远呢?"高成一听愣住了。

"这一点我也纳闷,省厅那边的人说,吴波还是比较特殊的,让我们专心做其他事。既然都这么说了,我也没办法再多问。"任重叹了口气说。

"嗯,我知道了。也许有些事我们还是不清楚。只是真不知道该怎么跟叶平说。"高成也是一脸苦恼。

自从吴波出事后,叶平找过高成好几次。高成作为刑警队队长,按说这种命案,他肯定是责无旁贷地负责的,但是吴波的所有资料都被省厅的人带走了。高成问了几次,上头只是说吴波的案子比较特殊,牵连了一些其他事情,所以省厅要负责。

高成知道,吴波牵连的事情应该是他二十三年前和苏小梅他们一起参与的异人实验。那事情已经过去了,虽然苏小梅他们身上感染的疯尸病毒还没有得到解除,但是吴波却是唯一的正常人。

难道说吴波的死背后还有什么不可告人的秘密?

高成决定去找田奎一趟,他希望田奎能把当年的所有事情告诉自己,这样他好清楚自己该怎么跟叶平说。

可是,师父会告诉他吗?

之前高成问过很多次,甚至还没有从苏小梅那里知道的情况多。

天黑的时候,高成来到了田奎家里。

敲开门,高成看到师母穿着围裙正在做饭。

"高成啊,来得正好,一起吃饭。"师母乐呵呵地说道。

"师父在吗?"高成问道。

"在,快进来吧。对了,田歌也回来了。"师母高兴地说道。

"高成哥哥来了,太好了。"师母话音刚落,一个女孩从卧室走了出来,她穿着一件衬衫,似乎刚洗过头,头发披散着,满脸欢喜地看着高成。

"什么时候回来的,也不跟我说一声。"高成看到田歌,笑着问。

"本来想明天去你们局里找你呢,没想到你今天来了,讨厌。"田歌一噘嘴,假装露出生气的样子。

"田歌,怎么说话?"田奎也出来了,对着女儿大喝一声。

"师父,田歌开玩笑的。"高成慌忙解释了一下。

"真是,老顽固,连玩笑和真话都听不出来。"田歌白了田奎一眼,坐到了饭桌前。

这一顿饭,因为田歌在,吃得特别热闹。田歌大学毕业,在林城一家医院做实习医生,但是看上去还跟孩子一样。

吃过饭后,高成和田奎去了书房。

高成帮忙泡了一壶热茶,两人边喝边聊。最后,高成说到了吴波的事情。

"正好,我也想跟你说说二十三年前那件事。"田奎端起茶杯吹了吹,喝了一口茶。

12. 请君入瓮

夜,城北大厦。

这里是安城最高的建筑,站在天台上,可以将整个安城尽收眼底。

十三岁那年,老师将他带到了安城,同样的地方,同样的夜晚。

"站在最高处,你就是主宰这个世界的神。你从地狱里爬了出来,等待你的就是天堂。"老师说这话的时候,身体在微微颤抖。

他知道,那是老师的梦想,不过老师的身体显然已经无法实现了。

他看了看表,他们应该快来了。

没过多久,一阵急促的脚步声从外面传来,然后推开了天台的门。

五个人,为首的是一个男人,面色冷峻,径直向他走来。

"你就是 X?"为首的男人问道。

"是的,你好,欧阳老板。"眼前的男人,正是红色俱乐部的老板欧阳坤,但是他知道欧阳坤的背后还有一个人,那个人显然躲在暗处。

"我最讨厌的就是不守信誉的人,明明说好的事情总是变来变去。说吧,你要做什么?有什么要求?"欧阳坤冷眼看着他。

"我没有不守信誉,当初我们合作,并没说我一定要保密。"他看着欧阳坤说道。

"那至少你不能伤害你的合作伙伴。这是合作的基础。"欧阳坤说。

"嗯,所以我希望我的合作伙伴可以出来见我一面,至少体现一下他对我的尊重吧。"他点点头说。

"什么意思?"欧阳坤愣了一下。

"既然来了,又何必躲在暗处呢?不如出来见一下,兴许彼此会有不错的收获。"他没有理会欧阳坤,而是对着前面的黑暗角落说。

几秒钟后,一个黑影从角落里走了出来,他的穿着还是一身黑色,仿佛要融化到夜色中。

"雷良,你好。"他的目光略过欧阳坤,落到了雷良身上。

"你认识我?"雷良问道。

"当然,二十三年前的异人实验里,你们每一个人我都认识,并且很熟悉。"他点点头。

雷良身体往前一倾,瞬间来到了他身边,伸手揪住了他的领子,狠声问道:"你到底是什么人?"

"可以帮你的人,同时也是可以毁了你的人。"他微笑着说道。

"说,你怎么会认识我?知道异人实验?"雷良的目光里闪出了凶光。

"这个不重要,重要的是我研究出了天岁。"他轻轻推了推雷良,整了整衣服,继续说道,"当年孙子康带人进入吴家村,深入古山,用尽各种力量,花费精力和金钱,最后都没有成功找到的东西,就是天岁。"

"什么是天岁?"雷良问。

"古人追求的万年永生,真正与天地同济的东西,名叫天岁。拥有它,你便拥有整个世界,甚至来生。"他缓缓地说道。

"世上还有这东西?"雷良愣住了。

"大千世界,无奇不有。我研究的天岁可以解你们身上多年痼疾。"他笑了起来,转过了身,看着眼前夜幕下的安城。

整个城市,全部臣服在他的眼睛之下。

"这么说,你约我来,就是为了告诉我这个?"雷良走到了他身边。

"不错,如果你不感兴趣,那么就当我没说过这一切。"他点点头说。

这个时候,身后的欧阳坤和另外两个男人靠了过来。

按照他们和雷良之前的约定,他们会在适当的时候,将X推下天台,造成他失足坠楼的假象。

不过雷良却摆了摆手,示意他们先离开。

X提出的天岁,让雷良动心了。

欧阳坤见状,只好带人离开。

"你需要什么?"雷良知道天下没有免费的午餐。

"这个不重要,到时候我会告诉你。对你来说,我的要求并不过分。"X笑着说道。

半个小时后。雷良跟着X来到了人民路与北环路后面的一幢居民楼,这里是老城区的拆迁区,四周连路灯都没有几盏,黑漆漆的。

X的住处在一楼,他打开门,带着雷良走了进去。

普通的房子,客厅不大,乱哄哄的,空气中弥漫着各种味道。

X从柜子下面拿了一个盒子,然后递给了雷良。

雷良扫了他一眼,打开了那个盒子。盒子刚打开,里面突然喷出一股水来,雷良迅速往后转身,但是还是有药水喷到了他的身上。

很快,雷良感觉身体发软,眼前模糊,他看到 X 笑嘻嘻地站在他面前,嘴里数着数字:"一、二、三,倒下去。"

雷良又回到了那个春天。

百花盛开,蝴蝶飞舞。他利用探亲时间去市里相亲,对方是一个在医院工作的女孩,两人约在市里的一个公园见面。

那是雷良第一次和女孩约会,虽然可能还算不上约会,但是他的内心充满了激动和喜悦。从部队回来之前,战友和班长告诉他,约会的时候,可以躲在一边偷偷看,如果是自己喜欢的女孩就过去,如果不是自己喜欢的就别过去,然后找个理由敷衍一下。这样既不得罪女孩,又不用不好意思。

于是,在女孩来之前,雷良先躲在了一边。没过多久,他看到一个女孩走了过来,手里拿着一本书。

那本书,是他们见面的暗号信物。

女孩很漂亮,一切都符合雷良的要求。可是就在他准备过去的时候,却意外地被另外一个同学拉住了。

那次的约会,雷良没有出现,但是却对女孩心生情愫。

那个女孩就是张若婷。

雷良没想到能在参加异人实验的时候遇到她。

"啪啦",雷良的记忆被打断了。

他睁开了眼,眼前的情景渐渐清晰起来。他发现自己被困在一个铁笼里,X 站在他的对面,微微笑着。

"你要做什么?放我出去?"雷良顿时明白了,自己被 X 绑架了。

"嘘,你不是问我为什么会知道你的情况吗?"X 将食指放到嘴边嘘了一下,然后指了指旁边的铁笼。

雷良转头看了一眼,只见旁边的铁笼里坐着一个老人,他头发特别长,静静地坐在那里,也不说话。

"我来给你介绍一下,这个是你的老朋友孙子康。"X 微笑着对雷良说道。

13. 不归路

谁的一生没有愧疚过?

田奎现在还记得当初从苏小梅家里接她出来时的情景。

苏小梅的母亲拜托田奎,一定要好好照顾苏小梅,毕竟她还是个小女孩。

一开始,田奎认为这个任务是必须完成的,但是到了吴家村的第一天晚上,他便听到了上司李德安和另一个负责人的激烈争吵。

原来他们的任务是一个虚无的谎言。

吴家村古山有古墓的消息成了安城某些领导邀功的手段,加上有国外团队的介入,让这个气球吹得越来越大,最后难以收手。

田奎不知道该怎么办。连李德安都无能为力,更别说他。

他唯一能做的就是祈祷进去的几个人能够平安回来。

可惜,世事并不如意。

除了吴波安然回来,其余只有苏小梅和杜发回来了,却感染了疯尸病病毒。好在他们出来之前,李德安已经帮他们拿到了解毒的药物。

苏小梅和杜发没有再参加任何工作,每月田奎都会给他们送一些基本的药物和食品。

吴家村的事情很快就被掩盖过去了,当初负责的领导也离开了之前的岗位。田奎唯一能找的便只有李德安。

"如果说想知道所有的真相,恐怕只有孙子康知道了。"田奎说完,端起杯子,将里面的茶水一饮而尽。

"孙子康在十年前在安城住过一些时间,然后还带过一个十几岁的小孩,我怀疑他找的那个小孩就是他徒弟或者孩子。"高成说道。

"并且我还有一件事要告诉你。"田奎想了一下,还是把上周见到异人实验里的五个人讲了出来。

"你说你们现在要找来帮忙的人叫薛林峰?"听到这里,高成叫了起来。

"怎么?你们认识?"田奎愣住了。

"赵曦和秦树德的案子跟这个薛林峰有着莫大的关系。并且你可能不知道,这个薛林峰的老师就是当年在吴家村里做手脚的孙子康。我现在正在调查他。"高成说道。

"是吗?这个人是李德安介绍给我的,他说薛林峰一直致力于研究生化这个项目,比较有能力,应该能帮苏小梅他们,但是我真没想到他是孙子康的学生。"田奎说道。

"我也是在偶然情况下知道的。"高成说道。

"那我得赶紧通知下张若婷,之前我跟他们说这个薛林峰能帮他们,现在他们去找薛林峰就麻烦了。"田奎一听,立刻站了起来。

"我跟你一起去,免得有什么危险。"高成说道。

"不用了,我自己去就行了。你不是还有事?"田奎摆了摆手。

"我还是和你一起去吧。"高成坚持。

"那好吧。你等我一下,我去跟你师母说几句话。"田奎说着走了出去。

十五分钟后,高成和田奎出发了。

夜风微凉,高成开着车,田奎坐在副驾驶。车里放着一首老歌,是王杰翻唱的《大约在冬季》。

"我年轻时就听过这个歌,好听。"田奎闭着眼说道。

"可不是,我也喜欢听。尤其是王杰这个版本。"高成笑了笑说。

"王杰,你听说过他之前被人毒伤声带的事情吗?"田奎睁开眼问道。

"这个我还真不知道,没想到师父你还关注这种娱乐新闻。"高成惊奇地看着他。

"偶尔看到的一篇新闻上说的。所以说,人生的路,起起伏伏,没有人知道尽头是什么。除非死了。"田奎说着关了关窗。

"是啊,从我第一天到刑警队跟着你,现在算起来已经快十个年头了。"高成点点头说。

"那你还记得当初挑我做师父时,我跟你说的话吗?"田奎问道。

"记得,你说你不是一个好老师,让我选择其他老师。当时我特别不理解,因为你是刑警队最好的警察,我是新入警察里最优秀的。"高成说着转了方向盘,向左拐去。

田奎望着前方越来越暗的路,轻声说道:"这条路,无论终点在哪里,都是不归路。"

"什么?"高成没有听清楚,刚转头问,田奎却突然坐起来,照着他的太阳穴用力打了一拳。

高成眼前一黑,一头栽倒在方向盘上,田奎用脚踩住了高成的右脚,车子停了下来。

不归路。

田奎点了根烟,用力抽了起来。

头上的月光那么亮,在夜幕下,却照不亮心里的阴暗。

手机响了起来,田奎拿起来,接通了电话。

"人已经齐了,好戏可以开始了。你什么时候有空来看戏?"电话里的人很兴奋,声音里有压抑不住的欣喜。

"我现在过去,对了,我多带了一个人。"田奎说道。

"好的,等你来。"电话里的人说道。

挂掉电话,田奎低头看了一眼,手机上是来电人的名字。

薛林峰。

14. 神秘人

门开了。

"雷教授。"叶平轻声喊了一句。

"叶平,怎么是你?快进来。"雷教授将他请进了办公室。

叶平坐了下来,雷教授给他倒了一杯水。

"最近一直没见你,听说你父亲的事了,节哀顺变啊。"雷教授说着坐到了他对面。

"也不知道为什么,并没有那么多难过。可能是前几年他离开我太久的缘故吧。"叶平握着杯子,有些局促不安。

"你父亲这个人我了解的,是有些冷冰冰的。这个跟他的经历和性格有关系。再加上你们这么多年的隔阂,可以理解的。"雷教授说道。

"雷教授,今天来主要想问问你关于我父亲的一些事。可能你不知道,他遇害后就被人带走了,我托人问了下,警察说是省厅的人带走了他的尸体,并且不让我过问这事。我不是特别明白,我始终是他的养子,他被害了,我怎么连过问的权利都没有?"叶平喝了口水说道。

"关于这件事,我也不是特别理解。也许你父亲的身份比较特殊,你应该知道,二十三年前他参加了一个特别的计划,那是一个特别危险的计划,去的几个人,只有他一个人活着回来了。我也是在那个时候第一次见到你的父亲,我现在还记得当时的情况,那个时候,我还是一个实习生,你父亲是在学校校长的介绍下来找我的老师的……"雷教授说着陷入了回忆中。

那一年,雷教授二十五岁,刚从国外留学回来。虽然拥有丰富的专业知识,但是资历不够,只能跟着学校的心理学教授陈桥做实习生。

一般情况下,陈桥是不接病人的。因为大部分时间他都用在研究和推广心理学上面,很少接商业项目。

吴波来的时候很神秘,学校领导简单地跟陈桥介绍了一下就离开了。

也许是吴波的重要性,所以陈桥喊上雷教授做他的助手。

吴波的情况属于创伤性后遗症,其实很简单。这种心理现象在打仗的时候最多,可以想象一个班在守阵地,最后只有他跑了出来,其他人眼睁睁在你面前全部牺牲,恐怕那种情况一辈子都不会忘记。

陈桥用的方法是以伤对伤,让吴波彻底能从吴家村的状态里面恢复到正常状态,再对他的状态进行调整。

一开始效果还不错,可是后来吴波的情绪大变,开始发狂,好在雷教授及时出手,但差点让陈桥受伤。

面对这种状况,陈桥也是尝试各种办法,都没有办法让吴波恢复。无奈之下,陈桥只好放弃。

陈桥一生都在研究人的情绪变化,对于吴波的情况,他从来没有见过。

"如果要确定的话,只有一种可能。"雷教授说到这里停了下来。

"什么?"叶平问道。

"那就是吴波的心理状态一点都没问题,他所有的表现都是自我演戏。"雷教授说出了当时陈桥给的结论。

"这不可能吧?"听到这里,叶平惊呆了。

"所以你父亲的事情特别复杂。无奈之下,陈桥只好推掉了。但是我不太甘心,我后来私下联系过你父亲几次,尝试着想帮他,但是都被拒绝了。"雷教授说着站了起来,从后面的书柜里拿出来一叠档案,"包括你父亲后来去了精神病院,我还去过那里几次,专门调查你父亲的事,但是都一无所获。就像当年我老师给的答案一样,你父亲的内心除非是强大到无极限,否则根本没有任何问题,不然所有的一切,应该都是他的自我表现。"

"可是,这为什么啊?"叶平不太明白。

"这就不得而知了,每个事件都有它的原因,否则构不成因果。这些资料有你父亲的一些照片和询问回答记录,如果你需要我送给你,你回忆他时能用得到。"雷教授说着将那一叠档案递给了叶平。

叶平接过档案,和雷教授寒暄了几句,然后离开了。

在回家的公交车上,叶平打开了档案,看了几页。这些档案,大部分都是一些资料记录,比如一问一答,甚至有的答案还空白着。

不过里面的确有几张父亲年轻时的照片,这对于叶平来说已经是非常难得了。

下车的时候,叶平遇到了桑柔。

自从上次黄宁风帮桑柔看好病后,叶平就没见过她。其间,桑柔给叶平打过一个电话,当时叶平正准备去见张若婷,所以也没有回电。

"最近你都没来学校,还在为叔叔的事情奔忙吗?"桑柔问道。

"还有一些其他事。你现在怎么样?没事了吧?"叶平看了看她。

"没事了,完全好了。"桑柔笑着说。

"那就好。"叶平转过了头。

两人一起回到家里。

上一次来,桑柔遇到了叶平父亲被害。

依然是同一个地方,只是多了一份冷清,少了一丝温暖。

桑柔帮着收拾了一下,叶平则在书房看那些资料。

"砰砰",突然有人敲门。

叶平放下资料,走过去打开了门。

门外站着一个陌生人。

"你好,我是你们家楼后面的,我住在12号楼。"来人客气地说道。

"请问有什么事情吗?"叶平问。

"是这样的,一个月前,我对我们小区做了一次摄影,就是不定时给小区各个角落、住户家的外景,甚至一些在外面活动的住户进行拍照,形成一个集自然美与艺术美为一体的画面……"

"请问你需要我做什么?"叶平心里正烦躁不安,不愿意听对方啰里啰嗦。

"哦,是这样的,这些照片现在出来了,我挑选了一下,凡是上镜的,我都给住户送过来。因为我这个活动是自费的,所以希望你能买走自己家的照片,这个钱呢,我也不多要,用来做摄影集。"来人说了一大堆,总算说到了重点。

"你怎么收费的?"叶平问。

"不贵,一张五块,你家这边入景的一共七张,也就是三十五钱。"

"行吧。"叶平不想再和他纠缠下去,从口袋里拿出钱交给了他。

"谢谢,谢谢。这是你家以及附近的照片。"来人拿出照片后,欢天喜地离开了。

重新回到书房,叶平继续看那些资料。

桑柔收拾好后进来了,看到那些照片,她拿起来看了看。

"肯定都是一些胡乱拍的照片,就是为的骗钱,有什么好看的。"叶平扫了桑柔一眼说。

"人家是艺术家,拍出来的讲究意境。"桑柔边看边说,忽然愣住了,问道,"叶平,叔叔出事的时候是上个月几号?"

"十二号,怎么了?"叶平抬起了头。

"当时警察不是说叔叔和一个人在家喝茶吗?你看这个照片,正好是十二号,还拍下了那个人的样子。"桑柔说着把照片递给了叶平。

叶平一听,立刻拿起照片看了一下,顿时愣住了。

15. 计划者

黑暗在眼前延伸,没有尽头。

耳边有人在说话,或柔声,或高昂,或粗暴,或嬉笑。

警校的最后一节课。

教官指着远方说,那里是你们未来工作的地方,你们要面对的除了危险,更多的是诱惑。进入警校之前,你是一名警校学生,出去警校之后,你是一名合格的警察。

警察,正义的守护者。

这是高成一直遵守和追求的。

眼前的黑暗开始快速飞驰,最后变得模糊起来,有光透进来,模模糊糊的光变得渐渐清晰起来。

"砰",一声巨响,高成睁开了眼睛。

头顶有一盏巨亮的灯,将眼前的世界照得通明。

这是什么地方?

高成发现自己被绑着,整个人靠在一根铁柱上,他的目光扫视了一下,发现对面有五个铁笼,每个铁笼里都有一个人,除了第一个铁笼和最后一个铁笼外,其他人他都认识,分别是雷良、苏小梅、杜发。

高成的记忆回来了,他想起了晕倒之前,他开车带着师父在路上。

"这条路,无论终点在哪里,都是不归路。"

师父说完这句话,突然袭击了自己。

为什么?

高成回想着一切,他告诉田奎自己在调查薛林峰,然后田奎说要去告诉其他人,然后他们一起出发。

难道说这背后的事情和田奎有关系?

"通",这时候,门响了一声,一个人走了进来。

高成抬眼看了看,进来的人是薛林峰。

"高队长,欢迎你来到我的世界。"薛林峰看到高成醒了过来,走到了他身边。

"田奎呢?"高成冷眼看着他。

"他是你师父,你太不礼貌了。"薛林峰摇了摇头,啧啧说道。

"你们是不是一伙的?"高成厉声问道。

"你们警察总是这么多问题,真是的。能不能安安静静地看完这场戏?"薛林峰叹了口气,转过了身。

"你要干什么?"高成大声喊道。

薛林峰不再理会高成,而是走到了那几个铁笼前。

"老师,你看看他们,都是你实验的失败品。"薛林峰站在第一个铁笼前,摇着头说。

第一个铁笼里的老人没有说话,身体在微微颤抖。

"薛林峰,你把我们困在这里要做什么?"雷良说话了,他的声音很虚弱。

"你们呀你们,都是这么多问题。好吧,既然都想知道,那么就告诉你们。"薛林峰一拍手,叫了起来,"不过我可不擅长跟人聊天,就让你们的老熟人跟你们说吧。"

薛林峰的话说完,门口又走进来一个人——田奎。

田奎表情凝重地走了进来,他站在中间,清了清嗓子说话了:"二十三年前的异人计划本是我和孙子康的合作计划,可惜因为一些疏忽,让整个计划流产失败,造成了现在这种状况。为了弥补这个遗憾,我花了整整二十三年的时间,一方面处理好你们这些实验失败产品的事情,一方面还要对实验的计划进行修补。好在薛林峰是一个天才,他继承了孙子康所有的能力,甚至超越了他。现在,我们的计划终于可以再次启动了。"

"田奎,你在说什么?这一切都是你的计划吗?"杜发大声叫了起来。

"不错,我和孙子康本是高中同学,可惜他后来出国,我做了警察。但是我们在高中时候一起研究的课题,一直都没有放弃。孙子康在国外甚至不惜任何代价参与了僵尸病毒的研究工作,可惜那个公司被警察查封了。孙子康只好逃回来。好在安城吴家村正好发生了疯尸病的事情,于是我顺理成章地让孙子康进来。对了,雷良,你或许不知道,袭击你的那只守灵猫其实就是我们研究出来的第一个源头。"说到这里,田奎走到了孙子康的面前,"你还记得我们的宗旨吗?老子说:道生一,一生二,二生三,三生万物。可惜,你看不到这个繁华盛世了。"

"你要对我们做什么?杀死我们吗?"苏小梅冷哼一声问道。

"死亡对你们来说也是一种解脱,不是吗?"田奎说着走到了苏小梅的面前,"薛林峰有了一个更好的想法,他认为你们其实并不算失败。你看雷良,吸食人血后,力量增加了数倍,只是外形无法见人。你们几个,虽然不敢见阳光,但是却容颜不变,不老不死。所以薛林峰准备将你们身上的血转移到他的身上,他要将自己变成一个超级异人。"

"对,我要成为一个既可以在正常人世界生存,又拥有超能力的异人。这也是我的老师当初和田老师的终极目标。"薛林峰点点头说。

"哈哈哈,做梦吧。这不过是你们的幻想,你们肯定会失败的。"张若婷笑了起来。

"很抱歉,我一定会成功。不过任何实验都会有风险,所以我需要先找一个人来做实验。很不幸,这个实验的对象是你的学生,黄宁风。他很配合我,只希望在做实验之前见你一面。很难得,他竟然那么爱你。不过我可以理解这种感情。就像老师当初带我一样,我会一直记得的。"薛林峰说着走到了孙子康面前,深深鞠了一个躬。

"薛林峰,你要对宁风做什么?他不过是个普通人,你放过他。"张若婷听完薛林峰的话,叫了起来。

这时候,田奎走到了高成面前:"我真的舍不得让你走这一步,可惜你非要逼我。好在我们这里有一种药物,可以让你失去部分记忆。等这里的一切结束了,我会给你服药,你还要继续做我的好学生。"

"曾经我以为你是最优秀的警察,没想到你是这样的人。你真是作践了警察两个字带给你的荣誉。"高成瞪着田奎骂道。

"我的理想本就不是警察,我的理想是科学,因为只有科学才能改变命运。"田奎说着摇了摇头,转身向外走去。

几分钟后,田奎带着一个人进来。

黄宁风。

"宁风!"张若婷叫了起来。

"老师!"黄宁风扑到了张若婷的铁笼面前。

两个人紧紧握住了手。

"对不起,我没有保护好你。"黄宁风说道。

"这怎么能怪你。都怨我,要是不让你接触薛林峰,你也不会被抓。"张若婷说着,眼里流出了泪水。

"没事的。我的命本来就是老师救的,如果能替老师死,也是值得的。我之所以答应他,是因为如果成功了,我也会是一个超级异人,到时候依然可以保护老师。"黄宁风说道。

张若婷没有再说话,眼前的黄宁风只穿了一件衬衫,上面脏兮兮的,胡子也没有刮,和之前那个风度翩翩、干净儒雅的黄宁风简直是两个人。

"对不起,对不起。"黄宁风忽然意识到了问题,不禁低下了头。

"没关系,在老师眼里,无论什么时候你都是最帅的。"张若婷伸手抚摸着他的脸。

这个时候,薛林峰走了进来,他拍了拍手,对张若婷和黄宁风说道:"好了,时间到。现在是分别的时刻。"

16. 营 救

叶平找到了聂子飞。

上次在张若婷的组织下,聂子飞知道了姐姐的下落,他已经准备进入吴家村,去古山里面寻找当时的古墓,寻访姐姐的下落。

叶平拿出了那张照片。

"我父亲当时和一个神秘人喝茶,然后遇害。这个神秘人是田奎,也就是说,他是最大的嫌疑人。我联系了高队长,公安局说高队长昨天晚上去找田奎,然后就没了踪影。"

"你想说什么?"聂子飞看着照片问。

"你还记得上次在张若婷那里,田奎说他认识一个人,可以解除其他人身上的疯尸病毒吗? 不瞒你说,我还找了苏小梅、杜发和张若婷,他们都失踪了。我怀疑田奎将他们绑架了。"叶平说道。

"那应该报警吧。"聂子飞说。

"田奎是前刑警队队长,高成是现任刑警队队长,你觉得我这样的说辞,有几个人会信?所以我只好来找你了。"叶平说道。

聂子飞思索了一下:"好,你需要我做什么,我可以帮你。"

"我们要马上带人去田奎说的那个人那里看下,兴许他们就在那里。不过对方既然能绑架这么多人,想必一定有特殊能力,所以也是非常危险的。"叶平分析道。

"没关系,我会安排好。"聂子飞说道。

根据之前田奎说的信息,那个人得过生化研究个人奖,这种奖本来就少,聂子飞让人在网上略微查了一下,就把那个人的信息查到了。

薛林峰。

"事不宜迟,我们马上过去。"叶平说道。

根据查到的信息地址,他们来到了人民路与北环路口,锁定位置后,聂子飞让人进行了寻访,最后在一栋即将拆迁的楼房里,确定了位置。

推开门的时候,他们看到了一个普通的家庭。除了书比较多和阳台有一些装满小动物的铁笼外,再没有其他异常。

而且奇怪的是,房间里没有人。

"如果要绑架那么多人,需要的空间自然不会太小。"叶平分析着,他走到门口看了一下电表箱,发现只有这一户是单独电表,但是电表显示的读数却非常大。

"这简单,找一下电线的接头就行。"听完叶平的分析,聂子飞立刻沿着电线接头找去,很快,他们发现电线的接头是通往地下的。

"房间下面有地下室,入口肯定在房间里面。"聂子飞拍手说道。

没费多大工夫,他们就找到了地下室的入口,然后依次走了下去。

推开铁门,他们看到了一个巨大的空间,进入眼帘的是五个铁笼,每个铁笼里都有一个人,除了第一个铁笼外,其余四个铁笼里关着的分别是雷良、苏小梅、杜发和张若婷,他们的身上都插着一根细小的管子,体内的血正被一点一点抽出来,转移到前面的黄宁风身上。

前面的高台架上,高成被绑在那里。

"救人!"叶平对聂子飞说道,然后立刻向上面跑去,可惜还没有等他跑上去,上面突然多了一个人,手里拿着一把枪,对着他。

那个人是田奎。

"是你杀了我父亲。"叶平径直问道。

"有证据吗?"田奎笑着问。

"有人拍到了那天我父亲遇害的时候,和你在一起喝茶。"叶平说道。

"那就是我杀的!谁让他不听我的话,非要跟我作对!"田奎冷哼一声。

"你真是个混蛋。"叶平骂着,想上去,但是又怯于他手里的枪。

"今天真是太热闹了,本来只有高队长一个人在看戏,结果又多了几个人。正好,大家一起看戏吧。不过看完以后,你就得去见吴波了。"田奎说着笑了起来。

叶平回头看了一眼,那边的聂子飞也不好过,一个男人端着枪,照着他的脑袋打去,聂子飞哼都没哼,摔倒在了地上。

不用说,打他的就是薛林峰。

薛林峰走到黄宁风面前,脸上露出了满意的笑容。

终于,黄宁风身上的血停止了接收,他的身体开始发生了变化,因为体内膨胀,身上的衣服开始破裂,他发出了痛苦的声音。

"宁风,宁风!"铁笼里的张若婷大声喊了起来。

"马上就成功了,哈哈哈。"薛林峰狂笑着看着眼前的一切。

叶平回头一看,发现被绑着的高成不知道什么时候竟然挣脱掉了身上的绳子,正在蹑手蹑脚地向前面的田奎走去。田奎端着枪,正准备往后看。

"田奎,你做这些坏事,不怕连累家人吗?"叶平马上对着田奎喊了起来。

"哼,我完全是为了事业,你这种没有追求的人,根本不会懂。"

田奎的话刚说完,身后的高成一把从背后扼住了他的脖子,并且撞掉了他手里的枪。叶平一弯腰,将枪拿到了手里。

听见响声的薛林峰回头一看,立刻开枪了。

高成将田奎往下面一按,躲过了薛林峰的子弹。

薛林峰一看没有打中,立刻紧追过来。

叶平没有开过枪,更不知道怎么办,只是傻站在一边。

高成将田奎推到一边,翻身来到了叶平的面前,伸手夺过枪,拉上保险栓,对着薛林峰开枪。

薛林峰一闪身,子弹掠过他的身边,打到了后面。

这时候,黄宁风突然叫了起来,发出了一声巨吼,因为身体的变异,他仿佛变成了一个恶魔,冲着薛林峰撞了过去。

薛林峰慌忙转过来,对着黄宁风开枪。

一连串的子弹打在黄宁风的身上,但是根本无济于事。黄宁风很快冲到了薛林峰面前,将他用力扔到了半空。

薛林峰的身体重重地摔到了地上,感觉浑身散了架一样,半天连哼都没有哼一声。

黄宁风像发狂一样,身体不受控制,开始四处乱撞,噼里啪啦地将前面的东西都砸了个通遍。

高成和叶平从高台上走了下来,他们准备救人。刚走到铁笼前,正好看见黄宁风冲向十几个黑色的铁桶,然后一拳砸碎。那些铁桶里装的都是汽油,这一下全部流了出来,整个地下室,顿时弥漫了一股浓重的汽油味。

本来高成准备拿枪打开铁笼的锁,但是现在地下室全部是汽油,如果开枪,一定会引起爆炸,如果用刀,铁笼上的锁更是难以打开。

"你们走吧,不要管我们了。"苏小梅看着他们说道。

"不,那怎么可以?"叶平摇摇头。

高成扶起旁边的聂子飞,掐了一下他的人中,聂子飞醒了过来。

与此同时,被黄宁风摔在一边的薛林峰也站了起来,他拿起枪,对着高成和叶平扫射过来。旁边的聂子飞在电光火石间,用身体撞开了他们两个,子弹全部打在了聂子飞的身上。

"不要开枪,会爆炸的。"高台上被撞得奄奄一息的田奎对薛林峰喊道。

"聂子飞,你怎样?"叶平从地上爬起来,立刻冲了过去。

聂子飞摇了摇头,艰难地看着叶平:"帮我找到姐姐的下落,拜托,拜托了!"

叶平含着泪点了点头。

这时候,旁边的张若婷突然大声叫了起来:"宁风,不要!"

其他人一转头,发现黄宁风手里不知道什么时候捡走了高成的枪,他正对着地上准备射击。

"快走。"高成顾不得其他,拉着叶平,迅速向前面跑去。

"砰砰砰",枪响了,子弹撞击到地面,立刻冒出火星,然后与汽油碰撞,迅速燃烧起来。

热浪从后背袭来,叶平和高成还没有到门口便被热浪推了出去,他们也顾不得身上的疼痛,拼命向上跑去。

巨大的爆炸将整个世界化为灰烬。

最后一刻,叶平感觉身体下陷,和高成一起坠了下去……

17. 尾　声

叶平醒过来的时候,已经在医院了。

守候在身边的桑柔立刻握住了他的手,眼泪汹涌而下:"你终于醒来了!"

"高队长呢?"叶平想起了高成。

"在看电视。"桑柔指了指前面的电视。

电视里,高成正对着镜头说话,他的手上还缠着绷带:"这一次的事件,来得非常突然。我和师父田奎以及大学生叶平还有聂子飞偶然发现了薛林峰的不法作为,为了营救其他人,田奎和聂子飞牺牲了。"

叶平盯着电视画面,半天没有说话。

"医生说你要休息一百天才能下床。"桑柔说道。

"那不是都毕业了?"叶平摸了摸脑袋说。

"可不是,大家可羡慕你了。高队长和学校说过了,你的毕业证也会如期发放。真爽。"桑柔笑着说道,"杜玉明考试都没过,他最羡慕你。"

"我宁愿去学校学习啊。"叶平看着不能动弹的身体,苦笑着说道。

"放心吧,我会陪着你的。等我们毕业了,你得带我去旅游。"桑柔说着将叶平的手放到了自己的脸上。

"不,毕业后,我还要去个地方。我答应了聂子飞去寻找他的姐姐。他为了我们而死,我不能违背承诺。我想高队长也会这么做。"叶平说道。

电视画面上,显示的是薛林峰所在的楼房倒塌的画面,拆迁办的工作人员正在进行现场解说。

画面进入楼房里面,透过碎砖破石的缝隙,继续往下延伸,最后定格在一片冒着浓烟的废墟上。

"啪",一只手从废墟里伸了出来,然后是一张被烧伤的脸,他嘿嘿地笑着,声音惨淡而阴沉——

"天之降时之谓生,天之亡时之谓死,是谓天岁。"

第一季终